安徽省哲学社会科学规划青年项目(项目编号:AHSKQ2014D67)

安徽师范大学学术著作出版基金资助项目

苏氏文稿

苏荫椿／撰　李永卉／整理

安徽师范大学出版社

·芜湖·

责任编辑:孙新文　薄　雪

装帧设计:任　彤

图书在版编目(CIP)数据

苏氏文稿／苏荫椿撰;李永卉整理. —芜湖:安徽师范大学出版社,2016.12

ISBN 978-7-5676-2670-6

Ⅰ.①苏… Ⅱ.①苏… ②李… Ⅲ.①中国文学–近代文学–作品综合集 Ⅳ.①I215.02

中国版本图书馆CIP数据核字(2016)第238442号

苏氏文稿

苏荫椿 撰　李永卉 整理

出版发行:安徽师范大学出版社

芜湖市九华南路189号安徽师范大学花津校区　　　邮政编码:241002

网　　址:http://www.ahnupress.com/

发 行 部:0553-3883578 5910327 5910310(传真)　E–mail:asdcbsfxb@126.com

印　　刷:虎彩印艺股份有限公司

版　　次:2016年12月第1版

印　　次:2016年12月第1次印刷

规　　格:700 mm×1000 mm　1/16

印　　张:14.25

字　　数:255千字

书　　号:ISBN 978-7-5676-2670-6

定　　价:39.90元

整理说明

一、《苏氏文稿》是清末民国时期安徽石埭县（今石台）人苏荫椿的个人诗文与信札汇编，《清人别集总目》有著录①。其中信札部分主要录自苏氏的原稿本《信稿便登》②，有些内容原作者做了修改。本次整理以誊清本为底本，并参考原稿本及相关文献。

二、本次整理尽量保留誊清本原貌，与原稿本有异时，以誊清本为据并出校记。

三、文稿中涉及手写的别字、省略字等，直接回改或完整录入，不出校记，但影响正确理解内容的则做扼要说明。

四、校记注码置于疑误处，校注位于页下，引录关键词，必要时作简要考语。

五、卷一部分诗作中有作者自注，为版式整洁美观，现将注文移至页下。

六、文末附录了苏荫椿年谱、部分友人贡卷以及民国二十三年石埭县域图，兹作参考。

以上为本次整理的基本原则，因手稿本抄写等原因，在整理时有的地方根据情况做必要的变通。

---

① 著录为："苏荫椿 苏氏文稿 誊清稿本（安徽师大）"。李灵年、杨忠主编：《清人别集总目》上卷（安徽教育出版社2000年版，第680页）。

② 《信稿便登》是苏荫椿个人书信的原稿本，《苏氏文稿》为誊清本，其中信札部分大多录自原稿本，有些做了修改。

前　言

　　明清以来的士绅研究一直是学术界热点之一,关于士绅的定义、范围等一直有争议。张仲礼将士绅分为上层、下层两个集团,下层集团包括生员、捐监生以及其他一些有较低功名的人①,山根幸夫亦把举人、贡生、生员、监生等与官界无关的绅士,称为下层绅士②。本文所说的皖南下层士绅即指以苏荫椿为代表的,在清末废除科举考试前取得功名的贡生、监生、生员等皖南地区的读书人。关于近代士绅的研究,自20世纪40年代以来,备受关注,成果丰富③,总体来说对近代上层士绅关注较多,下层士绅的专门研究尚显不足。由于下层士绅的社会地位不高,现存史料不如上层士绅丰富,较难窥知这个群体的生活细节。苏荫椿手稿④则是清末民初留存的比较完整、翔实的商业及社会文书,详细记载了以苏荫椿为代表的皖南下层士绅的日常生活。其中《苏氏文稿》分为二卷,卷一是诗文集。卷二则是与友人的往来信

　　① 张仲礼:《中国绅士——关于其在19世纪中国社会中作用的研究》,李荣昌译,上海社会科学院出版社1991年版,第1—4页。

　　② 森正夫:《日本八十年代以来明清史研究的新潮流》,《中国史研究动态》1994年第4期。

　　③ 如市古宙三:《乡绅と辛亥革命》,《世界の历史》15,筑摩书房1962年版;稻田清一:《清末江南——乡居地主の生活空间》,《史学杂志》99—2,1990;张仲礼:《中国绅士——关于其在19世纪中国社会中作用的研究》,李荣昌译,上海社会科学院出版社1991年版;贺跃夫:《晚清士绅与近代社会变迁——兼与日本士族比较》,广东人民出版社1994年版;王先明:《近代绅士——一个封建阶层的历史命运》,天津人民出版社1997年版;周荣德:《中国社会的阶层与流动》,学林出版社2000年版;徐茂明:《江南士绅与江南社会:1368—1911》,商务印书馆2004年版;李世众:《晚清士绅与地方政治——以温州为中心的考察》,上海人民出版社2006年版;李平亮:《卷入"大变局"——晚清至民国时期南昌的士绅与地方政治》,经济日报出版社2009年版等。

　　④ 目前发现的主要有《苏氏文稿》《信稿便登》《典业杂志》《各大宪通电》《东鳞西爪》五种,均藏于安徽师范大学图书馆。其中《苏氏文稿》为《信稿便登》的誊清稿本,有节略,《清人别集总目》著录为:苏荫椿 苏氏文稿 誊清稿本(安徽师大),李灵年、杨忠主编:《清人别集总目》上卷,安徽教育出版社2000年版,第680页。手稿内容主要包括三个方面:一是苏荫椿与同行、朋友及家人的来往信札,时间为光绪后期到民国,约半个世纪,通信者大部分是皖南的下层士绅,内容多为探讨典业经营及日常生活事务;二是苏氏个人的诗文,包括诗词、读史札记、序跋、碑铭、挽联等;三为杂抄,主要是他经营的各典肆文书,详细记载了芜湖、宣城、安庆、湖口等地苏氏典当行的经营管理及衰落的全过程。

函,这部分信札主要选登了《信稿便登》中部分内容。卷端及书内均钤有"愧作眉山老泉后""荫椿之印""萱臣"三方朱文方印。

苏荫椿,字萱臣,号忏因主人、华胥老人,安徽石埭(今石台县)人。出生于清同治十二年(1873),卒于民国二十三年(1934)之后,是一位皖南典商。安徽太平、石埭苏氏(石埭苏氏为太平苏氏迁出一支,主要分布在乌石、夏村、广阳等处,今属黄山地区)皆源于四川眉山苏氏,入清以来以经营盐业、典当业享誉省内外,是皖南地方望族之一①。光绪二十一年(1895),23岁的苏荫椿考上生员,因"贫困不能自存"②,于光绪二十六年(1900)弃儒从贾,进入同族——太平苏文卿(时号"苏百万",长江一带,设典肆九所③)所办的安庆同春典任职,其后的二十多年,一直负责部分苏氏典当行(主要有安庆、湖口、芜湖、宣城等处)的具体经营管理工作。苏荫椿的生活经历,如早年的乡居生活、后来的经商、交游,具有一定代表性,反映了19世纪末期到20世纪30年代,皖南下层士绅的生存状态以及社会变迁对于下层士绅的影响。

一

皖南太平、石埭两邑苏氏家族据说都是源于四川的眉山苏氏,太平苏雪林在自述家世时说:"相传我们这一支姓苏的是眉山苏辙之后。"④石埭苏氏(又称广阳苏家)是太平苏氏迁出一支,苏荫椿亦曰:"缘我苏氏,系出眉山。"⑤

苏氏家族是皖南望族,太平、石埭苏氏在地方上名人辈出,翻阅《苏氏宗谱》、民国《安徽通志稿》、嘉庆《太平县志》及民国《石埭备志汇编》等地方文献资料,可以看出清代中期以后太平、石埭苏氏家族开始崛起,尤其太平天国运动以后,太平苏氏开始涉足盐业、典业生意,成为地方上赫赫有名的大家族。相对于太平苏氏商业上的成功,石埭苏氏更致力于家乡的文教事业,例如救灾、修路、助学等公益事业。

苏荫椿的父亲苏吉治(字虞廷)便是一位地方文人,在乡间收徒讲学,苏

---

① 两邑十排公修:《苏氏宗谱·序言》,光绪二十五年刻本。整理者按:石埭县在清代属于池州府,太平县属于宁国府。

② 苏荫椿:《苏氏文稿·致吴玉山表侄》,丙寅十二月十六日,民国间稿本。

③《苏氏文稿·致吴玉山表侄》,丙寅十二月十六日。

④ 苏雪林:《苏雪林自传》,江苏文艺出版社1996年版,第3页。

⑤《苏氏文稿·致族华存》,癸卯二月十九日。

荫椿的好友汪由中(字性初)即拜其为师,存世的贡卷载:"年伯苏虞廷夫子,讳吉治。恩贡生,候选教谕,著有救病药石,已梓行世,仍有《存心堂全集》待梓。"①手稿亦曰:"性初,名由中,内乡沙塍人,博学强记,十二岁以背诵五经文宗拔入邑庠。尊公选青先生与先府君虞廷公为莫逆交,命性初从先府君读,予与同窗三年,后由优廪生贡入成均,惜未五十而卒。"②目前发现苏吉治有三部著作存世,分别为《虞廷氏稿本三卷》(抄本,安徽省博物馆藏)、《存心堂杂著》(稿本,安徽师范大学图书馆藏)以及《流离记》。其中《存心堂杂著》是一部医学著作,前有秋浦(即池州)曹焕(字竹溪)序,苏荫椿写给曹竹溪的信中亦提道:"先君子所著救病药石一卷,蒙前辈赐文冠其首"③,可见,其父医学造诣也颇深。

苏荫椿28岁(光绪二十六年,1900年)之前一直居住于家乡池州府石埭县,读书科考是他的人生目标。13岁时候,即光绪十一年(1885)与沈素娥结婚,是年沈氏18岁。结婚以后,依然苦读,光绪十四年(1888),16岁的苏荫椿独自去贵池大演拜吴自修先生为师,学习一载后因父亲病危返家。"光绪十四年,受业令先祖门下,春风化雨之恩,至今铭感。时令先君与椿共窗砚,昕夕对晤,情逾骨肉。令先祖母,爱我尤深,恩勤备至。乃刚及一载,以先君病危回里,此后即风流云散,渺隔人天。回首师门,不胜怅怅。"④"复初,名世杰,贵池大演人,予之姨表弟也,邑庠生。其尊公自修先生,岁贡生,光绪戊子年,先君命予负笈从游一载而归,陈焕文亦在其门下。"⑤

光绪十八年(1892)父亲苏吉治去世,苏荫椿的生活开始陷入困顿,"光绪十八年,先君弃养,其时年轻,又受讼累,贫困不能自存。"⑥光绪二十一年(1895)考上了生员,"苏荫椿现年三十岁,系安徽池州府石埭县民籍。于光绪二十一年,李学宪岁试案下,取入县学。"⑦也并未带来转机,依然贫困交加,"光绪二十一年,应李学使试,幸获一衿,而嚼字不能疗饥,境遇益形窘迫,亲族中无有肯为援手者,不料山穷水尽之时,偏有绝处逢生之妙。"⑧即便

① 汪由中等:《江南安徽贡卷·汪由中贡卷》,清末排印本。
② 《苏氏文稿·覆汪性初》,辛丑二年二月十三日。
③ 《苏氏文稿·致曹竹溪孝廉前辈》,己酉六月二十七日。
④ 《苏氏文稿·致吴玉山表侄》,丙寅十二月十六日。
⑤ 《苏氏文稿·致吴复初》,辛丑十月十六日。
⑥ 《苏氏文稿·致吴玉山表侄》,丙寅十二月十六日。
⑦ 苏荫椿:《信稿便登·寄慕东》,壬寅客湖口十一月,民国间稿本。
⑧ 《苏氏文稿·致吴玉山表侄》,丙寅十二月十六日。

如此,从他留下的诗文中还是可以看出,取得生员功名以后,苏荫椿读书的兴致明显高涨,如:光绪二十二年(1896),家乡成立感山义合社会,苏荫椿为其作序,"今春,族人等拟修苹蘩之献,庶足以伸敬意、联众情,邀众酿资,立会一局,名曰'义合社会'。共五十七名,每名出洋蚨二元,交首事权子母,存本用利,当五戊佳辰,斋集庙内,拜跪趋跄,以符春祈秋报之典"①;为伯父苏景暄撰写墓志铭;写下《仙源游草》系列诗,作《蓬庐漫吟》系列诗。但是,生存的压力使其不得不进行人生的取舍。光绪二十六年(1900),因编修家谱,苏荫椿结识了邻县同宗——宁国府太平县岭下苏氏家族,手稿载:"先是,太平同宗苏文卿,家资百万,长江一带,设典肆九所。椿以修宗谱得与往还,颇蒙青睐,谆谆劝我弃儒而贾。旋于光绪二十六年招往安庆,就同春典银房一席。"②这一机缘,改变了他原本的人生走向。

可以看出,苏荫椿出身于地方下层士人家庭,从小立志读书取得功名,因家庭发生变故,才不得不放弃科考去经商。苏荫椿的母亲、妻子常年患病,子女年幼,家庭负担沉重,现实已经不允许他继续过以前不问世事的读书生活,弃儒从贾实属无奈。"椿自壬辰失怙以来,历遭坎坷,不能自存,因勉就敝同族质库中会计一席。"③32岁时回忆往事,亦是无奈居多:"椿书生命蹇,遭际多艰,不得已改弦易辙,藉谋生计。"④写给父亲的好友曹焕先生的信中亦曰:"忆自束发受书,闻先君子盛称前辈品端学粹,为吾郡一时硕彦,私心辄向往久之。"⑤

其实,苏荫椿弃儒从贾,除家庭原因外,也与当时的社会环境有关。晚清时期皖南商人纳捐之风盛行,这种风气对依靠科举考试取得功名者如苏荫椿这样的底层读书人有一定的冲击,有学者指出:"近代商人之锲入士绅阶层,多少分化和改变了这个传统权势阶层的内部构成,为之溶入了某些近代因素,使长期相对稳定的传统社会阶级结构终于发生了某种裂变。"⑥同时,士绅的社会流动开始多元化,经商便是之一。早在鸦片战争后,一批先进的知识分子就对传统的"重农抑商"观念进行了反思,郑观应曰:"嫉古之

---

① 《苏氏文稿·感山义合社会序》。
② 《苏氏文稿·致吴玉山表侄》,丙寅十二月十六日。
③ 《苏氏文稿·致曹竹溪孝廉前辈》,己酉六月二十七日。
④ 苏荫椿:《苏氏文稿·致陈镇寰仁丈》,甲辰五月。
⑤ 《苏氏文稿·致曹竹溪孝廉前辈》,己酉六月二十七日。
⑥ 章开沅等主编:《中国近代史上的官绅商学》,湖北人民出版社2000年版,第74页。

世,民以农为本,越今之时,国以商为本,何则?"①薛福成亦认为:"泰西风俗,以工商立国,大率恃工为体,恃商为用,则工实尚居商之先,士研其理,工致其功,则工又必兼士之事。"②同时,皖南重商,明清以来徽州商帮名扬海内,太平苏氏家族也是清中后期经商成功者。因此,苏荫椿在穷困潦倒之时,亦加入了商人行列,虽然对科举念念不忘,但也很快适应了商人的生活。

二

光绪二十五年(1899),27岁的苏荫椿应同族太平巨商苏文卿之邀参与编纂太平、石埭两邑族谱。苏氏族谱记载了这次修谱之事:"光绪廿五年,即公元一八九九年,文卿公八修族谱,得四十余巨册为一部、共印四部分藏于皖、宁、京各地。"③苏荫椿在写给吴玉山的信中亦曰:"先是,太平同宗苏文卿,家资百万,长江一带,设典肆九所。椿以修宗谱得与往还,颇蒙青睐,谆谆劝我弃儒而贾。"④自光绪二十六年(1900),苏荫椿正式赴安庆任同春典银房始,大部分时间一直在各地的苏氏典当行任职,直到民国十五年(1926),辞去南京通济公典(非苏氏家族所办)的钱房职务,从事典当业时间总计22年,任职时间详见表1。

表1　苏荫椿在各地典当行任职时间表⑤

任职时间	地点	职位
1900—1901	安庆同春典	银房
1902—1909	九江湖口同兴典	银房
1909—1911	宣城孙家埠同吉典	经理
1911—1915	芜湖同福典	经理
1921—1926	南京通济公典	钱房

从上表可以看出,苏荫椿参与经营的苏氏家族的典当生意从光绪末年一直持续到民国前期,这一时期,是国家发生剧变的时期。内忧外患、动荡的社会环境对典当业的冲击很大,典当业由此转衰,逐渐退出了历史舞台。

① 夏东元编:《郑观应集》上册,上海人民出版社1982年版,第59页。
② 陈忠倚编:《清经世文三编》卷六十三,清光绪石印本。
③ 苏鹤孙编:《苏氏族谱》卷四十九《续谱纪序之一》,2006年未刊本。
④《苏氏文稿·致吴玉山表侄》,丙寅十二月十六日。
⑤ 资料来源:《苏氏文稿》《信稿便登》等苏荫椿与友人的来往信函。

1. 和平时期的经商生活:渐入颓境

苏荫椿在苏氏典当行一直是中层管理者,从事了20余年的典业经营,其中有16年任钱房之职,约7年时间任经理,经验丰富。他撰写的《典业杂志》一书,不仅详细记载了其所在各当铺的经营状况,而且收录了不少当时国家、地方政府的政策法规。只是其进入典当行业时,典业已经过了发展的繁荣时期,逐渐走向衰败。

苏荫椿入安庆同春典时,国内社会矛盾尖锐,典业经营困难重重。义和团事件虽然未波及东南十三省,但是受局势影响,安徽亦不太平。"时事日非,各处土匪,蠢蠢欲动。前闻宁国县境,盐枭肆劫,与浙匪联络一气,藉谋不轨。大宪檄剿,渐获安谧,和议迭受外夷挟制。旧岁闹教之处,停考五年,朝内忠义,半被惨戮,尤亘古未有之奇祸也。"①1901年入夏后安徽一直雨多晴少,导致"江水陡涨数丈,为近年所未见""东南隅汪洋一片"②,人们纷纷逃往省城避难,"今夏霪雨为灾,沿江圩坝,变成泽国,逃荒到省者,络绎不绝。刻又大疫,死亡相继,诚巨劫也。"③新政又引起通货膨胀,对工商界影响较大,典当业损失惨重。"光绪二十八年,铜元出世(每枚十文),制铸价值,日渐低落,典业因之渐次亏本,资力弱者,亦多收歇,或整个盘典出售,典当高涨之风,随之衰减。"④内忧外患下,同春典不得不暂停营业。

苏荫椿于"(光绪)二十九年,调往九江之湖口县同兴典内,职务仍旧"⑤,但是湖口的情况也不乐观,"敝处生意,已成强弩之末,兼乏持筹之方,每天当有八九百号,出本六七百千,较之旧年,稍有佳境。而居停因钱价过疲,嘱生意收紧,不愿长生库中,丰亨有象,争奈清闲市上,典质偏多,欲从权而不能,欲守经而不可。"⑥他已经觉察到典业开始走下坡路了。"至于典事,生意虽仍如旧,操算总是不工,岁有三百六十天,利仅一万三千数,以视昔年,计拙端居我辈,方诸同业,先声已让他人。"⑦从与友人的通信中随处可以感知他的悲观情绪,很是怀念以前的朋友:"自抵湖典,悉是新交,益怀旧友,暇惟

<hr>

① 《苏氏文稿·覆汪性初》,辛丑二月二十三日。

② 李文海、林敦奎等:《近代中国灾荒纪年》,湖南教育出版社1990年版,第167页。

③ 《苏氏文稿·致汪性初》,辛丑七月初二日。

④ 刘炳卿:《晚清安徽的典当业》,中国人民政治协商会议安徽省委员会文史资料研究委员会编:《安徽文史资料选辑》第13辑。

⑤ 《苏氏文稿·致吴玉山表侄》,丙寅十二月十六日。

⑥ 《苏氏文稿·覆汪冕卿》,丙午四月望日。

⑦ 《苏氏文稿·致王芝卿、吴味耕、杜遐斋、杜赟如四同政》,丁未元旦。

浏览古书,藉可怡神,兼消永昼。"①

苏荫椿很快适应商业经营,自从28岁入职苏典,历经几地当铺的起落,一直是苏典的骨干人物。例如,宣城水阳镇的苏典被盗,他写信给宣城县令何润生,并代湖口县令向其求购宣城旱塘稻籽,"今夏水阳敝联典被盗一案,蒙公祖认真缉获,除暴安良,有惠闾阎不浅,开赔一节,尤为煞费苦心。恤商之中,复寓爱民之意,逖听德音,莫名钦感。兹者湖邑商县尊,闻知贵治有旱塘二稻籽,欲购买若干,以备发乡播种,用防荒年。适敝典有事至芜,因将移文护照二件,交由敝典专人赍呈验核。"②他也写信怒斥过湖口县典史(即捕厅)汤谱笙贪得无厌③。因此1921年,友人在南京成立南京通济公典时,力邀其加入。"民国十年夏,适南京友人仿公司章程,招股集资,组织通济公典,闻椿微名,特请任钱房一席。又复闻云出岫,寄迹白门,荏苒五载。综计生平,服务典业二十余年,东奔西突,依然两袖清风,毫无树立。"④此时,苏文卿早在1915年就已关闭沿江苏氏九典,北上投资天津大生银行⑤,苏荫椿也已经闲居家乡5年,但也凭借个人才干又一次谋得了生计。

2. 辛亥革命时期的商业活动:中流砥柱

1911年,辛亥革命爆发,动荡的社会环境对商业发展尤其不利。芜湖受革命影响较大。"芜湖当长江之冲,非乱世所宜,尊席又烦剧,果何所取耶?池郡自省垣被陷以来,陆续过兵,居民散而之四乡者,不知其数。而乡僻之处,土匪横掠,人心惶惶,寝不安席。"⑥苏氏的宣城同吉典、芜湖同福典都受到冲击。危机时刻,苏荫椿被委以重任,任宣城孙家埠同吉典经理。同时,因芜湖同福典经理汪冕卿无法应付混乱的局面,不辞而别,"又兼任芜湖同福典经理。"⑦他在与谷宝泉的信中说:"九月大局一变,人心惶惶,居停以孙典系我旧部,迭函敦促,仍旧管理,命舆来迎,星夜前往,弟念感情,扶疾就道。到典以来,事事棘手,内外交困,乱世外游,自悔孟浪。正思作乞退之谋,而居停又有调赴芜典督理之命。以该典于上月受兵士之扰,执事汪冕卿

①《苏氏文稿·覆吴昧耕》,壬寅二月二十六日。

②《苏氏文稿·致宣城县何润生大令》,乙巳十月十七日。

③《苏氏文稿·致汤谱笙少尉》。

④《苏氏文稿·致吴玉山表侄》,丙寅十二月十六日。

⑤《苏氏文稿·致吴玉山表侄》,丙寅十二月十六日;《苏氏族谱》卷四十九。

⑥《苏氏文稿·致谷宝泉·附覆函》,辛亥十二月十四日。

⑦《苏氏文稿·致吴玉山表侄》,丙寅十二月十六日。

不辞而行,致人心浮动,纷纷归去,请我来此,收拾残局,弟以病辞,迄不获允,奈何奈何。"①

苏荫椿抱病至芜后,发现同福典的情况很不乐观,内外打理都需要费用,但是"监翁"(当指苏文卿)并没有系统打算,亦不想花费太多,因此让他很是为难,"往广德民军,曾否由孙埠经过,我典受扰否? 接函后,甚焦灼也。监翁毫无主见,处处惜费,冕卿因其不内外安顿,知事不可为,故逸去。监翁有挽留弟接办消息,而西舫、永芝、锡年等,亦表同情。第芜典既决裂如此,苟能为力,冕卿不去,以人不能做之事,而冒昧以从,智者不为。"②同时还心系孙典,"弟重来孙埠,本意与诸公勉为其难,以期相与终始,若舍彼就此,将何以对阁下乎? 至于孙典各事,弟馨陈一切,监翁只知速停二字,询其善后方针,则语近含糊,总在省费一边,未免责难太甚矣。文翁现赴太湖,度必往宿,来芜之说尚遥遥无期。弟疟势日深,每发一次,即困顿一次。近又出现气促之象,寓居此地,茶水甚不便当,因向监翁请假回里,以便调养,痊后回孙度岁。"③他一面抱病处理同福典事务,一面关心同吉典安危,为安抚人心,防止有人擅自离职,让同吉典的李逸洲效仿同福典的做法,给同事加薪,"好是监翁不久到孙,一切之事,由东宅布置,胜弟多多。再调查皖芜两典,自十月起,同事另有津贴,内缺每人龙洋三十元,柜友各二十元,中缺各十元,学生大二三各八元,四五六各六元,以下各四元,厨司待年底,再为酌给。又另给同事川资,以备不虞(每人本洋二十元,龙洋十元),一概入册,并不收回。弟思同事受惊,彼此一样,皖芜既有成例,孙典尽可照行,乞阁下宣布此意,按人补发,以免向隅。典内各事全仗阁下暨诸君极力维持,众擎易举,其今日之谓也。即请大安不一。"④

在苏荫椿力挽狂澜下,同福典暂时稳定下来,但是到1912年,经营状况依然不佳,"孙黎交哄,青太石三知事均逃,近无官长,而斗大山城,尚称安谧,较之外埠,可算福地。南京兵变,子受损失否? 为问。芜典事真不易办,仆权住,徐图乞退,再不允,则效汶上之行矣。"⑤虽然苦苦支撑,到底乱世多艰,不久苏文卿便关闭了沿江九典,损失惨重,"无如光复以来,居停九典,损

---

① 《苏氏文稿·致谷宝泉》,辛亥十二月二日自同福典渤。
② 《苏氏文稿·致李逸洲》,辛亥十一月二十六日自芜湖同福典渤。
③ 《苏氏文稿·致李逸洲》,辛亥十一月二十六日自芜湖同福典渤。
④ 《苏氏文稿·致李逸洲》,辛亥十一月二十六日自芜湖同福典渤。
⑤ 《苏氏文稿·致族华存》,壬子二月初二日,时客鸠江。

失不下六十万金,以致同时歇业。椿于民国四年,善后办毕,亦回里家居矣。"①

　　苏氏家族是一个大家族,家族中亦有人从政,如苏文卿的侄子苏锡第,时任北洋政府高官②,但是苏氏家族的典当生意苦撑到民国四年(1915),亦被迫关闭。1919年苏文卿举家北上,投奔在北京的侄儿苏锡第,在苏锡第的帮助下,在天津开办大生银行。"公晚年居京,于1919年与侄慕东筹资组建天津大生银行,任总经理,银行于1949年停业。"③苏文卿敏锐地察觉典当业已经日薄西山,转而投资新兴的现代银行,47岁的苏荫椿并未随其北上。

三

　　苏荫椿的社会活动并不广泛,以他28岁入安庆经商为界,之前一直生活在池州府石埭县,之后活动的区域延伸至沿江几个城市,亦即苏氏家族当铺所在地,以及后来的南京等地。生活背景及活动区域,决定了苏荫椿的交往对象主要为三类人:一是亲戚;二是早年读书求学时结识的朋友,大多数为池州府的读书人;三是进入商界后,结识的商场上的朋友,这些人绝大部分是皖南地区人。以下为苏荫椿的友人概况。

表2　苏荫椿友人一览表④

姓名	籍贯	功名	关系
汪性初	石埭内乡沙塍人	贡生	苏荫椿父亲的学生,同窗三载
谷宝泉	石埭城南尖山人	邑庠生	从医、典业
杨藩卿	太平苏村岭下人	贡生	读书参加科考的朋友
吴复初	贵池大演人	邑庠生	苏荫椿的老师吴自修之子,同窗一载
陈焕文	贵池小演人	邑廪生	同师吴自修先生,同窗一载
吴味耕	歙县人	读书三年	安庆同春典同事两年
徐存斋	石埭徐村人	举人	高等学堂任教
苏华存	石埭广阳人	茂才	族人,经常为其办理家庭琐事
吴醉樵	宿松人	岁贡生	苏文卿聘其为家庭教读,在安庆相交两年

①《苏氏文稿·致吴玉山表侄》,丙寅十二月十六日。
②刘寿林等:《民国职官年表》,中华书局1995年版,第33页。
③《苏氏族谱》卷四十九。
④资料来源:苏荫椿手稿。

姓名	籍贯	功名	关系
杜实庵	太平苦竹桥人	拔贡生、池州府教授	湖口同兴典同事
曹竹溪	贵池曹村人	举人	地方文人、苏荫椿父亲好友
黄皖辰	宿松人	岁贡生	太湖县同新典经理
苏慕东	太平六甲人	举人	北洋兵部郎中，因修家谱与之结识
杜新甫	太平苦竹桥人		安庆同春典经理
陈镇寰	石埭人		精通医术，经常为其家人治病
汪冕卿	歙县人		湖北孔陇镇同茂典经理、芜湖同福典经理，辛亥鼎革后，不辞而别，苏荫椿因此接手同福典
杜遐斋	太平卓村人		安庆同春典同事
王芝卿	太平人		安庆同春典同事
杜瓒如	太平人		安庆同春典同事
周润卿	太平人		安庆同春典同事、宣城孙家埠同吉典经理
李逸洲	青阳人		湖口同兴典、宣城同吉典同事
谢来宾	太平人		工诗词，孙家埠致中小学教员，其子苏凤鸣从其学
吴玉山	贵池大演人		同窗吴复初之子
沈赞臣	石埭七都人		苏荫椿内弟，精通医术

由上表可知，苏荫椿的友人中取得科举功名者较多，这些人在清末民国动荡转型时期，从事的职业已经有了分化：一、科举出仕成功者只有苏慕东，一直在北洋政府任高官，"公原名锡第，题字慕东，号镜如，优廪生，光绪二十三年丁酉(1897)正科中式举人。民国初曾两任陆军部军需司司长，两任财政部次长，一任审计署署长。"①苏慕东的成功与太平苏氏家族雄厚的财力支撑不无关系，例如光绪三十年(1904)，他参加在美国圣刘易斯举办的"万国赛会"(即世界博览会)，投入10万巨资采购景德镇瓷器和皖南茶叶参会，被赠予头等宝星一枚(即金质奖章，正面为美国总统威尔士的头像)②。二、从事商业活动的有谷宝泉、杜实庵、黄皖辰等人，其中杜实庵、黄皖辰都在苏典任过经理，谷宝泉通晓医术，平时在乡间行医，也在苏典任过职。三、继续参

---

① 《苏氏族谱》卷四十九。

② 参见：天津《大公报·时事要闻·会场华茶畅销》，1904年11月3日。

加科考者有杨藩卿、陈焕文、徐存斋、吴复初、曹竹溪等人。曹竹溪为地方名士，尽管科考取消，但他依然是皖南士人的中心人物，生活影响不大。其他人则不同，虽然"科举既议停减，旧日举贡生员年在三十岁以下者皆可令入学堂之简易科"①，但是从苏荫椿和他的友人们通信中，并未看到有人继续去学堂读书，可以认为他们的年龄或许都如苏荫椿一样，已过了而立之年。这些友人当中只有徐存斋、谢来宾在新式学堂谋到了教职。

苏荫椿的信札中经常流露出弃儒从贾的苦闷，他非常向往传统士人的读书科考人生。由于生存的压力，他的社交范围与以往的乡村生员有所不同，已经不局限于参加科举考试的同仁们，活动范围亦突破其生活的石埭县，远及省会安庆、邻省江西的湖口以及南京等地。应该说随着时代的变迁及友人范围的扩大，苏荫椿本人对社会、人生的认知亦在不断改变。1905年，清廷宣布："着即自丙午科为始，所有乡会试一律停止，各省岁科举考试亦停止"②，在其他士子惶惶不可终日之时，他已经在苏典任职5年，成功找到了谋生之路。

总体而言，从以苏荫椿为代表的皖南下层士绅的生活中可以看出，自始至终，在这个群体的心里，科举仕进才是人生的常态，经商实为末业。中国的传统文化乃是官本位文化，一切以科举为中心，如在科举取消的前一年，即1904年会试，"远省之人，往往跋涉数千里，冒露数十日而得达，而人数依然巨万，不闻稍减。甚而大学某生弃其游学之额，而求博一第之荣。若此类者，不可屈指，而曩时枪替舞弊之风，又复炽盛如常"③。所以，1904年就有人写了文章《论科举误人之深》，论述了科举的危害："科举之毒我中国人者，千有数百年，中国之人迷焉，为之抛弃其真学术，消尽其良性质，而从事于迂腐无用之学，蒙蒙混混，以致有今日之辱"④。千年积淀下来的文化，并非朝夕就可以改变，处于新旧交替时期的下层士绅们，一面经历着生活的磨难，一面又承受着精神的苦闷和惶恐。

四

王先明先生认为近代绅士阶层的社会流动可划分为三个历史阶段，其

①《管学大臣等奏请试办递减科举注重学堂折》，《东方杂志》第一卷第一号"教育"。

② 朱寿朋：《光绪朝东华录》（五），中华书局1958年版，第5392页。

③《教育·论科举误人之深》，《东方杂志》第八期，光绪三十年八月二十五日，第179页。

④《教育·论科举误人之深》，《东方杂志》第八期，光绪三十年八月二十五日，第178-179页。

中"19世纪60年代后到20世纪初年科举制度废弃前,是传统封闭性社会流动向近代开放性社会流动的过渡,出现了'绅—商'流动局面","科举制度革除后,促成了绅士阶层的结构性社会流动。"①我们从以苏荫椿为代表的下层士绅的生活中可以看到,尽管"'绅—商'流动尚属于非强制性的自由流动,相对于百数十万之众的绅士阶层,这种自由流动的规模十分有限"②,但是科举考试废除前皖南下层士绅弃儒从贾的现象并不是个案,即皖南的部分下层士绅向商业领域拓展与通过科举入仕,这两种人生轨迹是比较常见的。究其原因,这与该地区的社会风气不无关系,皖南的徽州商人明清以来名闻遐迩,宁国府的经商风气亦有深厚传统③。何况苏氏家族本身就是以经商闻名的大家族,受这种传统的影响,苏荫椿因生活艰难涉足商业,对他来说,思想上的转变或许要相对容易。

但是,由于社会地位不高、经济能力有限,他们一般依附于同乡或朋友,很少有人独立经营,这种职业的脆弱性显而易见,一旦被依附者经营不佳时,便面临失业危险。如苏文卿的典当生意,从光绪末年便开始走下坡路,最后关门歇业,苏荫椿只好返乡家居。正如有学者指出:"对于早期知识分子和已经分化了的士绅们,近代化过程改变了他们的知识结构,但还不能立时塑制他们的文化心理"④,而以苏荫椿为代表的皖南下层士绅,近代化既没有改变他们的知识结构,也无法改变根深蒂固的传统文化心理,他们过着朝不保夕的依附生活,在理想与现实的冲突中度过余生。

---

① 王先明:《中国近代绅士阶层的社会流动》,《历史研究》1993年第2期。
②《中国近代绅士阶层的社会流动》,《历史研究》1993年第2期。
③ 李甜、陆洋:《宁国商人再探:明清皖南商帮的兴起及其地域分化》,《中国经济史研究》2013年第3期。
④ 王先明:《近代士绅阶层的分化与基层政权的蜕化》,《浙江社会科学》1998年第4期。

目　录

卷　一

卷 二

附　录

感山义合社会序

昔先王度地居民,主以明神,使呵护之。于是乎有社,故其神曰"后土",谓能祖识地德、鸠我众庶,以无逢其灾害也。然古者树木不屋,周礼大司徒,设社稷之壝而树之,田主各以其野之所宜木,遂名其"社"与"野"。观哀公之问,宰我之对,可知矣。后世二十五家为里,里各建庙立社,是谓私社。如栾布为燕相,有惠政,燕、齐皆为立社;汉高帝恋枌榆之旧,后徙新丰,并移旧社,鸡犬皆识主家。此俱载之史册,尤为彰彰可考者也。

我溪西里昔年感山社之建,虽不能拟诸栾沛之伦,要亦比户编氓,遵古制而立,以祈丰年捍庇疠者。我邑各村落皆有社,然一椽半壁,卑隘无华,从未有我感山社庙貌之尊严也。闻之父老,社为附近七姓所共建,楹列三间,正座为社稷位,上有金身十二冕旒者,则东岳大帝焉。他如西峰都天圣姑诸神像,皆环列两廊,居民祈祷之,辄著灵异。咸丰间,粤匪窜境,痛祖龙一炬,栋折榱崩,成为墟砾。自是春燕归来,遂无营巢处矣。越三十余年,至光绪甲午岁,民力稍赡,同社人等均思重建,以复旧观。而倡其议者则为杨品三、杨有成,暨族永华、南寿、至古、竹卿、天锡诸君也。一时人人乐为之助,不数月,鸠工庀材,焕然一新,较旧制而更加完美。今春,族人等拟修蘋蘩之献,庶足以伸敬意、联众情,邀众醵资,立会一局,名曰"义合社会"。共五十七名,每名出洋蚨二元,交首事权子母,存本用利。当五戊佳辰,齐集庙内,拜跪趋跄,以符春祈秋报之典。更按名给胙,以荷神庥。且验宰肉者,有无陈孺子其人,法良意美,犹欤盛哉!予喜族人之深筹,更钦诸君之慷慨,自忘固陋,略叙巅末于簿首,规条列左,兹不赘。

时光绪二十二年岁次丙申孟冬月　里人苏荫椿谨撰

族伯景暄公墓志铭

古称不朽者三,立德、立功、立言而已,舍此则无长存之理,直与草木同腐。尝观当世强豪,生平作威福,熏焰蔽天,人皆侧目,迨百世下,过其邱墟,见荆棘丛丛,狐兔竞卧,无有知其为一世之雄者。嗟乎,赫赫于生前,而汶汶于死后,此君子所以疾没世而名不称也!

若我族伯景暄公则异是。公讳步云,字景暄,幼读书颖悟,以贫故,弃儒而贾,旋遵例输粟,由国学生入成均。公经商木竹潭,获奇赢,必周恤贫乏,人或负欠,公焚券不责其偿,而不使人知。闻者叹公有冯煖之风焉,其立德也如此。公居乡不与公事,而与地方义举,必解囊为众人倡。如复兴夹溪桥会,创建里塘冲义冢祠,并捐设孤会垂久远,建造三九甲观政堂、仁山公百岁亭诸务,皆公之力居多,其立功也如此。公为人,寡色笑,重然诺,接人谦和,尝谓士子读圣贤书,所学何事?孝友伦常,为天地之大经,不此之求,则根本已亏。枝叶奚茂,徒事文章,弋功名,又何足贵?其立言也又如此。故至今远近谈公之遗事,莫不肃然起敬。然则公虽往矣,而公之名尚在,其名在,即其人在也。一世如此,百世可知,使非公之立德、立功、立言,安知不与庸庸者同一无称?欲求不朽,其可得哉。

公生于嘉庆甲戌三月十七辰时,卒于光绪己丑正月十六子时,享年七旬有七。德配黎氏,生三子,长金林,次国学生茂林,三盛林,均先公卒。侧室钱氏,生庚载谱。二孺人有淑德、娴闺训,皆能佐夫有成者。孙三,长永忠,早逝,次职员国荣,三国坡,幼殇。国荣赋性温和,有乃祖风。今卜葬于湾里杨家。予以公之为人,不宜湮没,因述其事,且为之铭曰:"松耶筠耶,其性贞耶。惟其性贞,斯与天地而同春。公之德行,堪并比伦,口碑难没,名重乡邻。家声丕著,佑启有人。牛眠卜吉,俎豆常新。"

光绪二十四年岁次戊戌仲春月　族侄荫椿谨撰

祭汪明经选青世伯文

　　呜乎我公，越国世胄。舒水簪缨，生而嶷异。长更聪明，吐句属词，辄惊耆老。糟粕文章，难抒怀抱。学养叔技，百步穿杨。偶尔一试，泮水生香。又复下帏，重理旧业。鲁侯之芹，公竟再折。食天家饩，贡入成均。传经振铎，儒雅彬彬。词旨汪洋，得江山助。言成一家，讵求声誉。公耻仕进，且学陶朱。谋供菽水，客路驰驱。伊始经营，获资巨万。慷慨好施，济贫恤困。公事亲孝，常恐未安。晨昏修省，甘旨承欢。公性友爱，兄弟怡怡。荆树常荣，埙篪竞吹。曩昔寇乱，风鹤频惊。红羊浩劫，沧桑变更。我父流离，皖江避徙。旅馆逢公，两怀悲喜。知交卅载，识管子穷。分金济厄，鲍叔遗风。公性刚直，不阿不陂。爱才若命，喜说项斯。朴素持家，不事华饰。老而弥坚，为士夫式。训子最严，谢兰燕桂。会元绳绳，欢腾三世。嗟予小子，早萎灵椿。遭家不造，外患集身。偶占讼爻，畴怜困苦。我公闻之，排纷御侮。怀公高风，古之韩厥。再造恩深，铭感存殁。嗟予小子，愁病常侵。是谁青眼，惟公知音。公衡我文，谬承赞赏。谓此英华，定登秋榜。恨予不才，一衿而已。忽忽悠悠，徒增马齿。云泥久隔，倏又五年。祝公福寿，邮寄鱼笺。嗟予小子，术乏谋生。忽思改辙，迹寄皖城。时维三月，秋浦停舟。见公衰病，我更心忧。客舍倾谈，言罢呜咽。小住旬朝，又复叩别。河干握手，彼此黯然。开帆北上，渺隔云天。潭水深深，江风瑟瑟。压线依人，愧我鱼鹿。讵违二日，公竟骑箕。耗传皖国，不胜伤悲。呜乎我公，中途永诀。缅怀音容，泪枯啼血。自春徂夏，南望伤情。西风又起，秋月愈明。我公仙游，傥逢故友。为报我亲，两儿贫久。我客天涯，未获亲奠。双泪摇挥，痛难再面。仙凡异路，千古一心。临风痛哭，公鉴微忱。尚飨！

祭族再侄吉庵文

　　呜乎先生,其溘然耶,自古莫不皆然,其适然耶,君独何为而遽然。忆君畴昔,年富力强,排纷释难,保卫梓桑。公私交瘁,病入膏肓,药石既不获骤效,脉象亦难以细详。岂真修短之有数,抑或天命之无常。君身则殂,君德难忘,辒车遄发,奠酹道旁。呜乎先生,其有知也耶,其无知也耶。伏维尚飨!

重修回驴岭脚大路碑记

邑南回驴岭，距城十里许，为徽宁孔道，相传李青莲骑驴访友，不遇而返，名之志胜也。岭不甚高，群峰合沓，溪水环绕如带，层梯而上，入亭少憩，亭右有兰若，山僧烹茶供客，以定喘吁，过客无所苦焉。清嘉庆间，族曾祖懋功公，以山径崎岖，邀同志修葺，叠石为级，如履坦途，行旅便之。其两边岭脚大路，失修年久，间有砌石如鹅卵者，近多倾圮，每逢天雨，泥泞没踝，大有行不得也，哥哥之势。余生长斯邦，自愧力棉，心焉伤之。

癸丑客鸠江，常与同乡杨省三、杨孝哉昆季相把晤，谈及斯路之坏，行路之难，二君关心桑梓，慨然解囊，其义行有足风者。仙源孙君素流，风雅士也，因省三介绍，亦欣然输助。至于苏宝善堂，则余之居停主人也，饶于资，闻是举，亟赞成之，且捐多数为众倡。黟人朱晋侯、舒振庭、舒宾门三君子，尤与余善，三君者皆钱商领袖也，代向各号劝募，咸无难色，何商界中多好善君子欤。今春余南旋，里中诸善士闻风兴起，不待劝，争乐助之。款集，雇工修筑，路心悉用麻石，以期久固。是役也，两边修路，共一百七十余丈，需费三百余金，为期十有一月，昔之敧仄①者，今成为康庄，要非群策群力，曷克臻此。

慨自世道衰微，士大夫遇沙门游徒，歆以功德，诳以福利，靡不倾囊倒箧，以示豪举。他如乡僻愚氓，又惑于鬼神之说，延僧超度，演剧酬神，往往以有用之金钱，作无益之浪费。更有门第儿孙，席祖父余资，种己身孽果，青楼歌舞，买笑千金，在在弗惜，而于地方善举，如修道路、建津梁诸要务，辄膜视之。呜乎，风俗人心良可叹也。今观诸君子热心公益，乐善好施，其功德乌可不立丰碑以表之。工竣，特渧芳名于石端，用愧世之悭吝者。

民国三年岁次甲寅冬月　吉旦邑人苏荫椿萱臣氏谨撰

---

①同"敧侧"。

节烈陈母李孺人传

天下可惊愕可钦敬之事，求之士大夫不易得，往往于匹夫匹妇间见之，甚可怪也。若李孺人节烈事，足以励末俗，乌可不传。孺人江西余干县李翁女，生而慧，父母钟爱之，必欲得贤婿。适吾邑陈公月轩商余干，其次子名孝弟者，聪俊美丰仪，遂字之。初为童养媳，性端严，服姆教，得翁姑欢。年十七，始为妇。越两载，夫病，孺人躬奉汤药，目不交睫者七阅月，尝露祷愿以身代。卒不起，孺人则号痛数谋殉，以救免。逾月，翁姑觉其哀减，防稍疏，孺人乃乘无备，饮刃死，家人争救弗及，时光绪九年三月十有五日也，年二十有一，邑人士哀其志，远近闻者争往吊。胪事迹，请有司闻于朝，旌表如例，邑令萧君仁丙书"志骨俱香"四字荣之。顾世谓妇人殉夫者，往往因一时勇愤之气，故断脰①不自惜，若抚孤守节，其苦行则数十年如一日，母亦烈易而节难欤。呜乎，是言过矣！世道衰微，倡异学者，废纲常，抉藩篱自恣，虽大局倾殆，极数十行省之广，慷慨捐躯之人，千百中无十一也。观孺人之烈行，宁无愧死哉！吾辈立论，不可宽以徇众，亦不可苛以绳人。穷陬僻壤，有畸行异节可风者，其关系世教人心甚大，所谓死有重于泰山者也，予与陈氏有戚谊，且目睹其事，因忘固陋，为志烈行，为世俗劝。

　　传曰：孺人惟能惜其夫之死，乃能不自惜其死，以彼其志，即不死，讵不足为完节人哉，而必如是而不顾者，亦求其心之安而已矣。呜乎！死生之际，又岂易言哉！

　　民国四年岁次乙卯仲夏之吉　　同里苏荫椿拜撰

---

①脰：脖子；颈。

重修南华庵碑记

周家坦北行半里许,群峰合沓,蜿蜒结一小敦阜,如斗状,土人称"瑶头墩",亦称"摇铃墩",未知孰是。循山麓,仰行数武,有兰若,即南华庵也。建庵年代无可考,观清乾隆二十八年,有苏绍南《捐田碑记》,度创自前明无疑。庵前丈许有冢一,为苏惟杞墓,杞世家于此,没遂葬焉。杞兄惟檀,居五步洲,代有传人,杞无嗣,故今只知惟檀,为此庵山主云。出庵门,东趋百余步,有青邑曹氏墓颇吉,相传铁冠道人绘图留记之魁星踢斗形,曹穴是也。苏氏亦鳞次卜葬,祖茔叠叠,荒邱①与古刹为邻,洵乐土哉。庵朝黄山,三十六峰,攒拱如笏。又扼两河汇合之冲,山环水绕,林翠蔽曦,春风一至,群羽争鸣,游目骋怀,不啻置身辋川画图中也。殿供佛像,右有单房,建于清同治十年,为缁流栖息,释子课暇,耕作自给。遇后列各村,有斋醮事,辄往应之,非其檀越,不赴召也。识者以非清净丛林惜之。迨光绪丙申岁,感山社庙成,香火颇盛,僧徒艳之,往依焉,遂视此为邮亭,不复卓锡。廿余年来,风雨侵蚀,栋折榱崩,古佛露立,殊有今昔之感。

辛亥秋,议修葺,适时事变迁,因而中止。客夏,予自江右归,偶与父老谈兴废事,父老谓予曰:"南华庵圮久矣,大钟将堕,碎之可惜,盍移诸社庙中,以存先泽。"予然之。雇工往扛,见瓦砾成墟,狐兔竞走,欷歔欲绝,继与族梱泰、至镜、永贞、华存、锡臣、敬之、竹如诸同志谋,金赞成,且解囊为众倡。于是分途劝募,鸠工庀材,缺者增之,朽者易之,神龛黝垩之,佛像金饰之,不期年工竣。大钟仍扛回悬庑右,又招僧住持,并略购田亩给种,为日后修理费。诸事完备,悉复旧观,予喜诸善士慷慨乐助之功,将泐石志之。有客贸然来问曰:"处欧风东渐,文明进化时代,盍勿办学堂、兴实业,以图自强,而亟亟以庙宇是务,无乃佞佛太甚。"予曰:"子何袭取新学家言也?夫事必兼筹并顾,乃知作者之用心。该庵向为诸生肄业所,历代名凤,读书是庵,卒破壁飞去。今后都人士,如爱山水清趣,聚讲于斯,鱼声梵呗,变为礼乐文

---

① 邱为"丘"避讳字。

章,非学堂欤?该山多旷地,若广植森林,垦荒成熟,十稔后,天然之利甚富,非实业欤?不但此也,人生如泡影,朝华夕萎,直与草木同腐,岂不可悲。予保存古迹,俾百世后,睹断碣残碑,犹能知某某功德,流连景慕,永垂奕禩,独享千秋,当亦诸善士之深愿也。"客曰:"闻子之说,得毋邻于好名乎。"予曰:"叔季之世,唯恐不好名,今日世道浇漓,人心浮诈极矣,士大夫苟修名自立,则夤缘奔竞之风以泯,世道人心,或有挽回耶。"客无言以退,遂泚笔纪其巅末并问答于右。

民国五年岁次丙辰长至之吉　里人苏荫椿萱臣氏谨撰

重修雨台庵募捐启

　　海狮为长林八景之一，距城十里许，山极巍峻，高插云表，蜿蜒而上，约五里，忽开平坦，雨台庵在焉。四围多松篁，林翠蔽曦，浓阴欲滴，登临远眺，辄流连不忍去，诚胜境也。庵供如来暨罗汉像，色相庄严，迥非尘界。有缁流司香火，钟鱼隐隐，响穿云际，兜罗宫里，庶或似之。而都人士，每爱胜迹，尝集诸生，讲学是庵，受山灵秀气，卒为通儒。讵近数年来，释子视为邮亭，往米靡定，以致栋折榱崩，古佛露立，殊有今昔之感。僧旧游到此，触目怆怀，慨思修葺，亟与诸檀越谋，拟先缭墙垣，以蔽风雨。继饰神像，以礼空王，务使名胜之区，不变为荒凉之地，此心此志，始终不渝。因经济之困难，始沿门而托钵，伏祈邦人君子，慷慨解囊，量力乐助，虽欧风东渐，破除迷信时代，以有用之金钱，修无益之古刹，得毋为识者所讥。要之保存古迹，亦新政之不容缓。而况百世后，睹丰碑而起敬，犹能知某某功德，闻风景慕，芳名不朽，永享千秋，岂不伟欤？没世无称之感，诸君子当一念之，是为启。

杨子元先生墓志铭

君姓杨,讳惠基,字子元,世居坦上,幼颖悟,读书过目成诵。十八入邑庠,五试秋闱不售,遂绝意科名,隐居乐道。性和蔼,与人无忤色,人有纷难,必出排解,卒皆冰消雾释惭感而去。里中恶少见君至,辄改容起敬,偶为不义事,必私语曰:"毋使惠先生知也。"君之盛德感化不肖,有如此者。以故邑令下车伊始,闻君贤,辄委君董都事,遇要政,必谘而后行。君以桑梓勉尽义务,于农桑学校诸大端,靡不悉心筹画,次第兴举。卒以公私交瘁,精力就衰,未五十而卒,士林惜之。君生于同治戊辰年九月十三日辰时,没于民国乙卯年十一月二十三日卯时,娶徐氏,贤明有淑德,生三子,功圣、功德、功臣。今卜吉安窀,冢嗣来请铭,予与君为故交,敢以不文辞,因略志其概,系之以铭曰:"天道茫茫兮,跻寿而颜殇兮,欲问彼苍兮,胡遽作修文郎兮。君身则亡兮,君名则彰兮,卜斯吉壤兮,决后嗣之克昌兮。我表陇冈兮,山高水长兮。"

民国八年岁次己未长至之吉　同里苏荫椿拜撰

桂汉珉先生生传

桂君汉珉,豪迈士也,与予同里,相友善。民国十三年春,汉珉卜得佳壤,拟营寿藏,命予撰志铭,表诸幽宫,此固达人见解,迥异恒流。然古人如陶靖节之自祭,司空表圣之墓铭,自为之可也,他人为之不可也。预凶有非礼之讥,况封翁在堂,乌乎可。惟有援昌黎之于何蕃,温公之于范镇,为生传之例,窃略述耿概。弟自愧不文,与笔墨为仇者,几四十年,其如寸莛扣钟,不能作钧天之响何。

君姓桂,名琨霖,字汉珉,昆仲八,君其四也。君生而岐嶷,读书颖异,十岁作文,辄惊名宿。清季末造,科举停,弃儒而贾,始商于殷家汇,不二年,复肄业安庆中等工业学校。见时事多艰,慨然有击楫之思,改入陆军小学校,旋升陆军测绘学校。辛亥秋武汉事起,君星驰入都,拟陈时政,适其长兄质珉先生,知宝坻县事,便道往视,随兄赴武清县查要案,中途堕骑,伤手部。封翁闻信促回,调治痊可,即命往溧阳经理店务。溧阳为苏省繁邑,商务最盛,初立商团,各界举君任团长,商民赖之。未几,有同学方某,荐往宁郡张旅长志刚部下充一等参谋。民国三年,二次军兴,由宣城开往芜湖,遇敌作战,枪弹雨下,君竟脱险无恙,然自是豪气顿减,渐抱消极主义矣。当我邑光复之始也,人心浮动,邑宰汪公蓉斋知君胆识,委充二区团防局长,群小慑服,地方称安堵焉。民国年二次选举,君被选为初选省议员。是时封翁年逾古稀,为八子析门户,君创设机厂、油坊、南货、砻坊诸营业,兼及农事,殆所谓隐于市者欤。君状貌魁梧,有膂力,不畏权势,遇文士,折节下交,无倦容,人咸谓有朱家郭解之风云。

民国十三年岁次甲子仲春月　愚弟苏荫椿谨撰

桂母李孺人墓铭

　　孺人姓李氏，桂君汉珉德配也。性淑慧，娴姆教，岁归于桂，事舅姑，备极孝顺，能得欢心。汉珉愤时事多艰，倦归林下，尝设肆，藉以市隐。孺人常综理之，分夫劳，稽核出入，不爽豪发，以故岁获赢余，孺人内助之力居多。自奉俭约，而于地方善举，必劝夫伙助不少吝，是巾帼中之丈夫者。生三子，长、次、三。民国十一年，子殇，孺人痛切，遂遘狂易之疾卒，年三十六。铭曰："钗荆裙布，贤媲孟光，相夫立业，令闻孔彰。胡一旦而遽赴瑶岛，累奉倩之神伤。叹情天之莫补，辄有恨夫娲皇。特镌数语，用表陇岗。"

　　民国十三年岁次甲子仲春之吉 同里苏荫椿拜撰

从舅徐吉甫先(生)墓志铭

民国壬戌，表弟友兰，卜得佳壤，地名道士洞，驾龙山，形取黄龙戏水。群峰拱秀，如列笏状，遂葬其先严慈，既封且固，属予揭数言，铭诸幽宫。予喜善地留与善人，因即舅氏之为人，窃志其耿概。

公姓徐，讳定爻，号吉甫，幼颖异，读书数行下，耆宿以大器期之。遭洪杨之乱，弃儒而贾，客金陵廿余载，稍获资，遂设肆于殷家汇，境渐丰裕，旋遵例纳粟，得从九职衔。公性廉介，淡于名利，常谓傥来之物，久聚必殃，以故遇贫困必周恤之，遇公益必伙助之。晚年家居，待人和蔼，从无疾言恶色，凡桀骜不逞之徒，见公至辄忸怩不安，公必婉言以劝其悔，终公之世，族无讼事，称仁里焉。婆杨氏，贤明有淑德，当粤匪之窜境也，一夕贼至，亟脱簪珥劝公逃，己竟死于难，揆之古昔烈妇，舍身救夫者，无多让焉。继配杨氏，贤淑如元配，而尤工计然，见士之贫不自存者，曰："此乏理财学，非尽关命也。"吁，巾帼而有此见解，吾人岂不愧哉！生子二，长合栋，次合芝，即友兰。

铭曰："沧桑靡定而世变，躯壳初脱而名湮，惟嘉言与懿行，如日月之丽天。繄维徐公，道义克全，持躬涉世，不倚不偏。闻公之风者，可以使强者作，贪者廉，繄维徐公，泂一乡之善人焉。"

民国十三年岁次甲子仲春之吉　从甥苏荫椿顿首拜撰

新开洗衣池碑记

乌株山井水流自石罅,清可见底,味甘而洌,洵佳泉也。惜井上水沟,为浣洗之所,先人未免颠倒失次。近年井圈坏漏,污秽渗入,致水浑浊,不堪汲饮。今春众议,将洗衣埠头,移于井前沟外田内。田系苏文礼公众业主,备价,垦购一块。计长二丈八尺,阔一丈三尺,雇工凿成方池,直二丈,横五尺,深三尺,上口纳水,下口出水。池上水沟,则造一闸,平时闭闸,水便入池,一至夏旱,闭池启闸,放水灌田,颇称便利。昔时沟常水涸,今则池深,多容水量,三百六旬,可以浣洗,而井上复甃石如栏,以防秽物冲入。其坏者修之,阙者补之,此后当有清泉可酌,关于卫生,岂浅鲜哉!工竣,洳乐输用款于左。

民国十八年岁次己巳三月既望　苏萱臣识

重修南华庵观音堂并建厨房碑记

　　岁丙辰,南华庵佛殿成,僧唯严住持焉。至癸亥年,僧募化略修,而殿右观音堂,因费绌中止。客岁各檀越,以僧颇守戒律,皆愿解囊,遂雇匠修葺之。堂右复建厨房一所,八阅月工竣。按丙辰修佛殿,置田产,费三百六十余元,癸亥僧手修理,费九十余元(均已泐石)。此次工程,费三百二十余元,综计前后三次,共费七百八十余元。其佛殿之神龛,并莲花座,计油漆洋四十一元五角,则系田阪苏金玉公之妻陈氏,于甲子年一人独修者。予思晚近民情鸱张,网维坠裂,惟因果轮回之说,足警蚩氓,似可补圣教之不及。然则斯庵之修,洵与人心世道有关,乌可嗤其迷信而不记! 爰将乐输开支,详泐于左。

　　民国十八年岁次己巳清和月　坜上苏荫椿萱臣氏谨撰并书

读《青囊经》感言

己巳五月

　　郭璞著《葬经》，迄今人人惑其说，宝藏父母骸骨，不敢轻慢，其用意最深，其用心良苦。呜乎，郭璞不其圣乎！孔子立法万世，示人子事亲之道，始终一于礼而已，故曰："死葬之以礼，然在孝子慈孙，固可遵守，若忤逆、顽梗之辈，又谁能缚之以礼哉？"所以终春秋之世，尝有不葬其亲者，孟子谓上世，为本朝讳也。而有狐狸食之，蝇蚋姑嘬之之慨言，并示孝子仁人，以有道掩其亲，夫道亦多端矣。惜孟子只教其念亲恩，未言其有利害，故犹不足动人子之心，其道亦有时而穷。韩淮阴为布衣时，其母死，贫无以葬，然乃行营高厂地，令旁可置万家，信卒致身显，是即卜吉之开始。但信未明言其效，人遂无效之者。想其时，视亲骸若狗彘，举而委之于壑，当不知凡几矣。晋郭璞出，恻然伤之，以孝子慈孙，千万中不过一二，其忤逆、顽梗者，比比皆是。绳之以礼，而不能感枭獍之心，教之以道，而不能化桀骜之气，于是以术济之，而著《葬经》焉。山形穴向，聚气藏风，某山似某形，可发富。某龙结某穴，可发贵。某山隆厚，可发人丁。某水绵远，可发巨财。言之凿凿，效如桴鼓，以此而歆动之。一千五百年来，形家之说，深入人民脑筋，往往求一抔之土，有费千金而不惜者。盖人亦孰不欲富贵，不如是，不足以挽回人心也。试观世之忤逆、顽梗之子，父母在，视若仇雠，或怒之以目，或詈之以声，甚至靳饮食而不与，有疾病而不亲，种种逆状，罄竹难书。一至父母死后，无不觅求佳壤而安葬之，虽破产无悔，何其薄于生前，而厚于死后乎？此无他，富贵丁财之心，横于中耳，且人情爱子孙，甚于爱父母，诱以子孙之发祥与否，全赖朽骨为转移，又焉得而不宝藏哉。愚谓礼义止可以教上智，不能格下愚。汉明帝时，佛入中国，以因果轮回之说，劝化蚩氓，使之不敢为非，而归于善，较圣教为尤捷。郭璞之著《葬经》，殆与释氏同宗旨，吾故曰："郭璞圣人也。"

募建集生庵启（代作）
辛未三月

　　佛自汉明帝时入中国，迄今二千年来，虽韩愈辈辟之甚力，而卒与圣教并峙不坏。民国肇兴，注重科学，破除迷信，其提倡佛教会，不遗余力。此曷以故？盖圣教只能启上智，不能格下愚。佛以因果轮回歆动之，使桀骜顽梗之徒不敢为恶，其救民救世之功，岂在圣教下哉！我小庐岭山坳中，昔有无量寿佛，即俗谓寿星石佛者也。石像天成，不假斧凿，须眉毕现，唯妙唯肖，居民祷之，辄著灵异。第古佛露立，有失尊崇，山僧穴居，亦多不便。于是身等有建庵之举，额以集生，本佛示乩，取普度众生之义也。刻已鸠工庀材，度基定址，惟工程浩大，经济困难，身等不得不效愚公之志，作将伯之呼："伏乞邦人君子，慷慨解囊，量力乐助。文人输卖赋之金，贾客割居奇之利，簪缨官贵，分俸于冰清玉洁之中，田舍家温，助粟于妇织男耕之下，多多益善，少少无妨，广结善缘，成斯美举。工成当泐芳名于石端，用志功德于不朽。"他日过客登临，见古刹巍峨，香烟缭绕，必曰："非某某大善士之力不为功。"口碑千载，维诸公念之，是为启。

读《汉书》韩信、彭越、英布列传书后

壬申夏月

　　秦失其鹿,群雄崛起角逐之,何必有君臣之定分。时惟楚强,诸侯畏服,英布起自草泽,曾北向事楚,以功封王,则君臣之分定矣。乃随何一说,即倒戈归汉,布诚负恩之小人哉!若韩彭,则始终忠于汉者也。汉王困彭城,败荥阳、成皋间,彭越居梁地,举足轻重,越不绝楚粮道,楚必不亡。信更用兵如神,功盖天下,为汉初第一人,虽武涉蒯通,说以危词,如冷水浇背,毛骨耸然,而信卒不听,心如金石,百折不挠,初不料有长乐钟室之祸。史公诬以与陈豨谋反,班氏因之,冤矣!盖信自赦为淮阴侯,在帝左右,解兵无权,贸然作不轨之举,虽下愚犹不出此,况贤如韩信而为之乎?马、班为本朝史官,直书无故诛功臣,暴汉寡恩,必触朝讳,故以莫须有定案,此马、班之苦心也,吾故曰:“董狐以后无信史。”

　　或谓:“忠臣不二,信自楚而汉,身事两主,谓之忠可乎?”予曰:“不然。信在楚,素以策干羽,羽不听,不过一无名小卒而已。良禽择木而栖,贤臣择主而事,无可厚非。汉以萧何之荐,言听计从,拜大将,授全权,得展抱负,受恩深重者,背德为叛,效命为忠。孟子曰:‘君之视臣如手足,则臣视君如腹心’,豫让谓:‘待我以国士,我以国士报之’,即此旨也。况楚汉互困,信若乘其平齐之余威而自王,三分鼎足,汉其奈何,天下事未可知也。信不忍出此,谓之忠于汉,不亦宜乎。”

编辑历朝年号表序

　　中国向为积弱之国,匪自今始,观诸史册,有可征焉,试略言之。溯自周太王去邠居岐,避狄人也,平王东迁,避犬戎也,列国时,山戎侵燕,齐桓公伐之,戎患稍息。汉高祖讨匈奴,至平城,冒顿纵精兵四十万骑,围帝于白登,七日乃解。文景以后,选主和亲,故王嫱出塞,文姬归汉,皆中国辱事。降至晋代,则五胡乱华,称王称帝,中原鼎沸矣。唐代稍强,而契丹入寇,史不绝书。五季、唐、晋、汉,皆以异族僭国称号。宋尚理学,国以日弱,卒有二帝北狩之惨。辽、金、西夏,相继扰乱,二百余年,始灭于元。元与清,皆属蒙古,入主中夏,并中国而一统,从古幅员之广,莫如元,而异族享国之久,莫如清。在明嘉靖间,倭寇浙江,赖戚继光、俞大猷等,尽歼之于福建之平福卫,倭患始平,倭即日本国也。清自道光二十年,海禁开弛,欧美各国,通商互市,又成为五洋闹华之局。割越南于法,割胶州于德,割台湾于日本,而国事愈不堪问矣。近者日本又占据辽吉黑三省,开衅沪滨,其并吞中国之野心,已露骨发现。乃当局抱不抵抗主义,拥兵内争,搜刮民财,其豆相煎,良可叹也。尝思中国立国以来,惟秦始皇、汉武帝、唐太宗三君,有侵略开边之志。始皇遣蒙恬,将兵三十万,北伐匈奴,收河套地为四十四县,西起临洮,东至辽东,延袤一万余里,威振匈奴,更筑长城以困胡,功在万世。武帝伐匈奴、击朝鲜、征交趾,戎狄畏服。太宗灭突厥、征高丽,各国归命之。三君者,可谓雄主。中国历代帝王,只知对内,而不能对外,其遗传性使然,岂不哀哉!客中无俚,取历朝年号,编成一表,综计六百八十一年号,而正统者三百零六,僭号者三百七十有五,观于此,益信中国积弱为不谬云。

　　凡例:

　　一 古帝王未有年号,至汉武帝始称元,兹表自武帝起,至清宣统止。

　　一 年号字,以笔画数目为先后,不论朝代,以便检查。

　　一 表中有两数目,上数纪上,下数纪下。例如大中元号,大为三画,中为四画,其有三字年号与四字年号者,以第二字纪笔画,例如天仪治平年号,天为四画,仪(仪)为十五画,余仿此。

一 正统之朝代,中书大字,其僭国与偏安者,则小字旁书,以示区别。

一 正统书庙号而不名,僭国与偏安者,虽有庙号不书,只书其名,隐寓褒贬之意。

一 明三王,系朱明嫡裔,虽属偏安,而人心思汉,犹奉正朔,宜仿汉昭烈宋帝昺之例,列入正统,大书明字,与纲目大正统之旨相符。

一 表中玄、宁、弘等字,缺末笔者,以清帝庙讳,编者生平书惯,故仍之,而笔画则不敢少也,淳亦庙讳,改作湻。

一 乱贼与外国年号,分别附载于后,不列表中,以无列表之价值也。

一 年号不无遗漏,笔画不无数讹,尚希后人更正。

壬申中秋日 华胥老人苏荫椿撰于白门之鹤寄轩。

重建东门院墙碑记

东门西首院墙三道,建于同治十年。建院墙者何? 为培补阳基也。时阅甲子,风雨侵蚀,先后倾圮,瓦砾成丘,不胜荒凉之感。今夏众议重修之,幸族人好义,踊跃输捐,于是克日兴工,改三为二。先是上院基地,系大秀公金修公己业,中院基地,系至宽公己业,下院基地,系巧秀公①己业。现至宽公无嗣,归并巧秀公执管,故中下合并为一。盖基地各有业主,而墙则公造也。东门之北,牌坊一座,毗连清泰公屋宇,今屋圮而坊孤立,势难久存,兹造复墙以护之。门楼柱梁朽坏,更以新料易之,苞桑巩固,顿复旧观(按东门为始祖迁居后所造)。凡我苏氏,皆发祥于此,故同兴公等公堂,均得补助云。工竣,爰泐乐输开支于石端,余情详同治十年碑记,兹不赘。

民国二十二年岁次癸酉七月　萱臣志

---

① "巧秀公"即苏巧秀,为苏荫椿之曾祖父。

祭桂月亭文
癸酉阳月

呜乎,先生经验丰富兮,而拔萃于商场。先生工计然之学兮,而惠及于编氓。濒年烽警兮,赖先生之维持,而合镇得以安康。先生年虽六旬兮,而精力其犹强。胡天不吊兮,忽大雅之云亡。无疾而终兮,医难觅夫扁仓。仙凡异路兮,叹山高而水长。作此诔词兮,奠浆酒于路旁。伏维尚享。

徐足三先生族谱小传
甲戌年三月二十四日

　　文鼎,字足三,莘贤公子也,幼读书颖悟,耆宿咸以远大期之。咸丰间,洪杨军兴,吾邑久为用兵之地,公童年失恃,随父避乱播徙,自祁门而江西、皖北、安庆、殷家汇,辗转流离,卒以乱废学。迨乱平,公为生计,弃儒而贾。性廉洁,出入不苟,肆主辄委以重任,倚如左右手。故他伙每年或降或黜,公则十余年,宾东无异词。光绪十八年,公以父老,孤身在家,乏人侍奉,心常惴惴不安,力辞厥职,肆主鉴其诚,允之。公自江北孔城镇回里,旋在乌石陇镇,效韩康故事,设成春药号,于是奉父同居,晨昏定省垂三十年。而莘贤公训子以严,家庭琐屑,事事责善,从不以六旬之儿,稍假词色。往往酒后盛怒,施以夏楚,公俯首忍受,背后无怨言。父性好施予,尤好客,客至必杯酒联欢,相契者,馈遗必丰,公悉遵父命无敢违,不以锱铢所得有吝色。故遐迩皆称公之孝行,深合孔圣教子夏、子游、孟懿子之旨,岂不可谓之纯孝哉! 公持家俭朴,克苦耐劳,一生不御华服,以故营业发达,不数年,置田构厦,称素封焉。公虽起家寒素,而对于地方公益慈善诸务,必慷慨饮助,以为众倡。尤笃于伦常,从堂侄早卒,公为立嗣抚养。其他亲属贫困者,必赒恤之,此又深明睦姻任恤之义,其子孙绳绳振振宜矣。

　　鼎哥事父一节句句是实,吾亲见之,毫无伪词,足以垂示后昆而励末俗。予尝谓鼎哥可称孝子,丁静之夫人操氏可称节妇,六十年来未见有第二者,吁难矣!

　　萱臣又识

麻衣菁华序
甲戌年四月二十二日

　　相人之术，世以九流目之，尝轻视焉。呜乎，何其偾也！夫孔圣不尝云乎："诚于中，形于外，心广体胖，察言而观色。"孟子不尝云乎："胸中正，则眸子瞭焉，胸中不正，则眸子眊焉。其生色也，睟然见于面，盎于背，施于四体。"是孔孟虽不言相，而已微露其端，但不明言吉凶祸福耳。昔范蠡、唐举、许负、管辂之流，皆精风鉴，断验如神，惜无书以传其术。迨五代时，有麻衣先生者，不著姓氏，以相术授希夷，始有《麻衣相法》一书传于世。厥后相书，汗牛充栋，要皆不能出麻衣之范围。吾故谓《麻衣相法》，亦犹医书中之《伤寒》《金匮》，可尊之为经，下此者，虽著书立说，亦不过拾其唾余耳。惟文词冗长，语多重复，且有矛盾，予仿《史记·菁华录》之例，择其扼要者，节录之。语句欠通，诠释谬舛者，芟易之，鲁鱼帝虎，字讹笔误者，校正之，名曰《麻衣菁华》，以俾学者易于记诵。其《达摩祖师相诀秘传》一篇，托名与否，姑且不具论，而所示相法，意义精深玄奥，确有薪传，学者能熟读而玩索焉，则于斯道，思过半矣。

　　予昔曾购《麻衣相法》《柳庄相法》《铁关刀》《大清相法》《相理衡真》诸书，皆系石印者，满篇错字，指不胜屈。后在金陵李光明庄，复购《大板麻衣相法》一部，而错字仍复不少，遂置诸阁上。忽忽二十余年矣，今岁蛰居里门，长夏无俚，间取《麻衣相法》读之，择其篇中深切著名者录之，取其精华，弃其糟粕，故名之"菁华"云。

　　萱臣又志

蓬庐漫吟

己亥元旦口占

斗柄初回欲曙天，呵开冻笔写诗笺。

春寒椒酒樽常满，雪霁梅花色更妍。

爆竹声中添瑞霭，人家门外贴春联。

欣看子妇团团坐，共话今年胜旧年。

苏堤烟树族谱八景之一

村前河堤绵亘数里，古树菁葱，浓阴欲滴，虽盛暑行人可不张盖焉。春日晓起，见炊烟万缕，流绕树端，洵天然妙景，名曰"苏堤志旧"也。

携筇缓步到河滨，绿树阴浓鸟语频。

夹岸轻烟三月雨，满堤织柳一家春①。

遥看黛色和云滴，更爱林容带露新。

指点溪西桥畔际，天然妙景画难真。

寻芳偶向涧边游，极目郊原好景收。

万缕云烟流树杪，一堤杨柳绕溪头。

深林漠漠晴犹雨，密叶沉沉夏亦秋。

乘兴来观垂钓者，绿阴相对话巢由。

苏家堤畔绿阴稠，底事西湖纪胜游。

十里绿杨春雨润，一溪碧水暮云浮。

烟含野色迷前渡，树逼泉声入远楼。

最是天然风景好，几行鸦背夕阳收。

---

① 堤上多柳。按：以下诗文中注释均为苏荫椿自注。

又五古二首

舒溪景最佳，寻芳春早起。
绿树绕河滨，叶密成新绮。
日暖鸟声喧，好音闻远迩。
斗酒与双柑，携到繁阴里。
晓烟罩林端，遥望一溪水。
双溪夹溪间，二桥相并峙①。
抚流弄清音，诗思不可止。
坐久豁襟胸，幽闲异嚣市。
忽遇垂钓翁，把手话桑梓。
堤何号苏公？仿佛西湖似。
古木有千章，陆离长数里。
若问栽培人，龙山公自始②。
寄语采樵夫，听我说原委。
莫作凡卉看，须作召棠视。
我闻此翁言，归来语孙子。

出门步东郊，丛林蔽岩户。
烟密树疑浮，树缺烟来补。
春风语黄鹂，恍似笙簧鼓。
酌酒赋襟怀，瑶琴手自抚。
忽然感慨生，盛衰且漫数。
凡卉喜乘时，阳和含芳吐。
桃李各争荣，撑天势飞舞。
风雨忽惊秋，凋零质尽腐。
试看溪边柏，雪霜不能侮。
又看涧边松，蒲柳难与伍。
老干直干霄，孤芳历千古。

---

① 有双溪、夹溪二桥，遥遥相对。
② 堤树为彦巡公所植，龙山其字也。

即物验天心,天心从可睹。

四运若循环,浮沉任俯仰。

吁嗟乎,多少豪势家,瞥眼成荒宇。

世事慨沧桑,明珠还合浦①。

今日一堤烟,犹绕苏家树。

今日一堤树,犹归苏家主。

双桥彩虹族谱八景之一

村外有双溪、夹溪二桥并峙,每当夕阳将坠,桥影与波光激射,不啻彩虹之垂天半焉。

行过双溪又夹溪,板桥横处晚烟迷。

几排雁齿通松径,两处虹腰卧柳堤。

舒水春深龙影现,杨林雨后鸟声啼②。

骑驴得得寻芳遍,也学相如把句题。

叶水回波族谱八景之一

叶溪河在骆驼山下,昔我族有卜居于此者。河不甚深,而回流清碧,游鳞可数。夏日或与二三知己,坐绿杨中把竿垂钓,纵谈世外事,其亦古之怀葛氏欤。

花柳满前村,叶溪傍古墩③。青山横北郭④,绿水映西园⑤。

浪急兼天涌,波回带雨翻。一番新世界,不亚武陵源。

半幅云烟画,人家住水涯。波摇桥影动,风静树声迟。

石厂村犹在⑥,西园路已歧⑦。临流无限感,乘兴播新诗。

癸丑元旦试笔口占

饮罢屠苏酒,挥毫带宿酲。

衣冠非汉制,世界说文明。

---

① 昔年堤树被邻姓觊觎,今仍归苏业。

② 舒水、杨林俱地名。

③ 河边有古儿墩。

④ 借句。

⑤ 西园为元玑公读书别墅。

⑥ 石厂即湾里别名。

⑦ 乱后仅存其迹。

不胜沧桑感，难忘禾黍情。
中原嗟逐鹿，何日息纷争。

卅载浑如梦，无端岁月侵。
一身余傲骨，千古少知心。
初得含饴乐①，难纾爱国忧。
北堂欣日永②，喜气更咸临。

①客冬幸举一孙。
②萱帏七十尚康健。

仙源游草
戊戌己亥

咏雪　次放之叔韵

尽日飙风吼未休，玉龙战罢隐琼楼。
迷离山色消青黛，点缀林容变白头。
质与梅花一样洁，形同柳絮半空浮。
茫茫天地浑无际，独钓寒江月满舟。

鹅毛片片降无休，有客消寒正倚楼。
恍似落花铺水面，却疑浓雾锁山头。
翠留松柏终难改，白占田园总是浮。
更爱渔翁归去晚，空江好任放轻舟。

附原韵

纷纷鳞甲战无休，顷刻妆成白玉楼。
万里江山都改面，一庭松柏也低头。
骑驴踏去梅花瘦，放鹤归来竹叶浮。
天地茫茫何所似，一蓑一笠一渔舟。

秋夜不寐
己亥

独步溪边望斗牛，夜凉如水月如钩。
一庭花影滴清露，四壁虫声泣晚秋。
梦里常怀失意事，客中难破故乡愁。
寒砧又听前村响，料是深闺忆远游。

耿耿银河夜漏长,园林萧瑟意茫茫。

秋声撼树虫声续,月影穿窗灯影凉。

客邸有诗能写恨,天涯无梦不还乡。

邻鸡唱罢披衣起,几处丹枫尽染霜。

皖江游草
庚子辛丑

元旦试笔
庚子

连宵爆竹响村边，我亦焚香叩上天。
梅可耐寒开雪里，鹊来报喜噪檐前[①]。
贫时况味如尝蜡，欺世文章不值钱。
椒酒一樽聊自酌，挥毫乘兴写诗笺。

夜雨

空庭雨漠漠，宵深苦寂寞。
念到别离情，泪珠随声落。

初接家书有感
四月十七日

接得家书乡思深，开缄时复泪沾襟。
眷怀骨肉应多感，读到平安始放心。
两地情惟凭尺简，几行字可抵千金。
萍踪今日伤飘泊，游子天涯寸草吟。

忆母

我生不逢辰，十九痛失怙。
时犹有童心，遽尔受外侮。
手足仅二人，殊难御冠虎。
不平诉公庭，幸遇神明父[②]。
记得老慈亲，相率赴城府。

---

①焚香后，闻鹊噪。
② 时江右胡公寿祺宰吾邑，颇廉明，案遂得直。

家室叹飘摇，炎凉状可睹。
徒抱七尺躯，愧难为干蛊。
更有可怜情，母年六十五。
带月种田畦，披星锄场圃。
三百有六旬，日日精力努。
恨我一寒儒，何时把气吐。
嚼文不疗饥，久已尘生釜。
术岂乏谋生，咸劝为市估。
扁舟泛皖城，三春听杜宇。
回忆濒行时，儿母将衣补。
针痕和泪痕，斑斑犹可数。
游子客天涯，行役嗟陟岵。
儿忆母辛酸，母忆儿更苦。
翘首望白云，存心难自主。
明月照窗前，思之泪如雨。

忆弟

鸰原两地倍关情，分手舒溪洒泪行①。
我为家寒才作客，尔当愤读勉成名。
须知白发催人老，莫被青衫误此生。
骨肉他乡应有感，池塘春草梦魂萦。

忆妻

及笄年纪结衿褵，裙布钗荆懔母仪。
刺绣料应怀往事，挑灯想复卜归期。
萧条家计劳卿累，贫贱夫妻系我思。
无限愁并无限恨，不堪旅夜雨如丝。

---

① 弟送至舒溪河洒泪而别。

忆子

六岁小儿子，聪明尚可夸。

抱怀深舐犊，索笔漫涂鸦。

绕膝情如昨，呼名梦到家[①]。

宵深乡思切，月影半窗斜。

午日偕杜遐斋登大观亭

滚滚长江空自流，大观亭畔景清幽。

一抔黄土埋忠骨[②]，几树苍松罩画楼。

漫说英雄经百战，只余山水占千秋。

登临无限兴亡感，又见龙舟竞渡头。

闻銮舆西巡感赋一绝

边庭构衅肇兵戈，北望神京痛若何。

自古文臣多误国，讳言征战喜言和。

七夕

银汉横斜玉漏遥，谁家楼畔正吹萧。

多情不是填桥鹊，那得相逢会一宵。

耿耿银河月色阑，女牛今夕各悲欢。

漫言世上多离别，便到神仙会也难。

填鹊成桥事亦奇，一年一渡慰相思。

天公何事无情甚，只许欢逢十二时。

我是人中最拙人，也来乞巧问前因。

须知巧事终还少，藏拙犹能保此身。

---

① 常梦呼儿名。

② 亭边为余忠宣公墓。

纷纷瓜果设庭轩,正是深闺乞巧繁。

盼到双星相会合,不销魂处也销魂。

独步阶前望女牛,一轮明月一天秋。

料应乍会难为别,若再相逢岁又周。

岁暮述怀 并序

　　驹光易逝,百事蹉跎,马齿徒增,半生潦倒,忆从前之苦况,写此日之愁怀。十九岁椿庭弃养,早废蓼莪之篇。廿八年芸简荒残,莫奋云霄之志,那堪白眼多人,谁怜沦落?犹幸青毡有主,可伴晨昏,铁砚磨来,丰年无税,扁舟泛去,客路多艰,只为二字饥寒添出一番离别。呜乎!萍水相逢,尽是他乡之客,关山难越,谁悲失路之人?每思古语,实获我心。况乎烽火弥天,周室之河山顿改,妖氛匝地,吴宫之花草全非①。阴风起而磷火飞,冤气腾而英魂泣②,纵使说剑有方可寻侠客,讵奈请缨无路莫报。君王愁与年深,恨同岁去听腊鼓之频挝,离人梦醒看梅花之乍放。骚客诗成,偶拈数韵,勉作八章。固知蝉唱蛙鸣,难发钧天之响,若得云斤月斧,便成掷地之声,录呈钧鉴,敢乞点铁。

连朝风雪打窗前,草草光阴又一年。

腊鼓催残羁客梦,寒梅开尽故乡天。

江湖落拓悲游子,琴剑飘零泅市廛。

三百六旬如逝水,依人况味更凄然。

人生聚散最无因,怅说天涯若比邻。

历到穷途先破胆,偶居质库暂栖身③。

青衫有泪流知己,白发无情老世人。

三十年来多恨事,黄金不济范丹贫。

频年蝎运苦相磨,悔把文章误揣摩。

---

　　①本年五月间,义和拳滋事攻杀各国使臣,致联军入京,銮舆西幸。

　　②联军入京开放毒气炮,触之立毙,故直隶、天津一带,尸骸山积,而各大臣之勤王殉难者,亦复不少,惨甚。

　　③在同春典司会计。

花事已随春梦去,萍踪似与海云过。
昔时知己暌违久①,末路英雄感慨多。
今日异乡为异客②,几回搔首发狂歌。

满盘输著类弹棋,岁月因循忆昔时。
只望灵椿常不老,谁期风木遽生悲。
消磨壮志愁千叠,寄迹生涯笔一枝。
百感茫茫憔悴甚,年来贫病总难医。

闻说神京陷虏酋,传来风鹤不胜忧。
当权宰相能和敌,尸位文臣莫御仇③。
天意铸成南北局,江声流出古今愁。
看来时事原如此,我为苍生泣未休。

横空旅雁破云飞,怅望乡关不得归。
三月桃花人已老,十年诗酒愿多违。
严君书稿犹藏箧④,慈母针痕尚在衣。
只为饥寒长远别,寸心何日答春晖。

沿街爆竹响纷纷,到处乡风总不分。
连日频沽辞岁酒,挑灯欲续送穷文。
贫民上市输钱谷⑤,少妇搜箱典钏裙。
多少熙来攘往者,要知富贵似浮云。

闲眺江城似画图,家家门首换桃符。
行来异地乡音少,愧到中年事业无。
不信命都于我薄,并无势可为人趋。

① 同窗吴复初、陈焕文、汪性初等,皆阔别多年不得把晤。
② 借句。
③ 护驾西幸者惟董军门一人。
④ 先大人著有时务策、经史刍论诗文集、杂著等皆未刊。
⑤ 年底纳课者甚多。

天生傲骨谁相似,还比梅花性更孤①。

红梅四盆花开烂熳,前夕封姨肆虐,香瓣飘零,触目伤怀,欷歔欲绝,作五绝句哭之

辛丑

一番雨又一番风,香瓣摧残胜几丛。
莫谓灵根容易陨,人情只爱眼前红。

蟠根屈曲托盆生,一段幽香老干横。
如此好花如此谢,天公何事太无情。

空庭寂寂月无痕,纸帐何人解佩琚。
太息残红堆满地,也教和靖吊香魂。

我亦寻芳拾翠人,那堪摇落不成春。
冰魂脉脉归何处,痴盼桃源欲问津。

也知凡卉有枯荣,造物无私理最明。
我为癯仙申一恸,罗浮梦已订三生。

和吴醉樵先生见赠原韵

二月二十九日

系出延陵凤有声,精神龙马属天成。
文章自昔推琼苑,诗草而今纪皖城。
荆楚云山曾揽胜,扬州风月倍关情②。
西窗剪烛雄谈久,斗转参横四座惊。

附原韵

本传诗礼旧家声,年少风规自老成。

---

① 捧读大作,清新隽逸,情致缠绵,忠厚之心、仁孝之性,溢于行间,家学渊源不胜钦佩。 吴醉樵先生评。

② 先生向在楚北扬州等处讲学。

更羡词章承玉局,从知灵秀毓金城①。

精明处事皆忠厚,朴实论交见性情。

转盼棘围鏖战日,笔锋横扫一军惊。

二月杪日买舟之汇镇,篷窗无事率成一律

苍茫烟雨泛扁舟,高挂风帆过渡头。

沙鸟窥人穿远岸,江豚逐浪跃中流。

无边春色无边思,不尽潮声不尽愁。

好水好山看未足,数行征雁下南楼。

三月朔阻风梭阳河之戚家口

几家茅舍酒帘飐,我欲提壶涤热肠。

十里莺花添画稿,一江波浪簇诗囊。

飙风有意留孤客,野渡无人唤夕阳。

两岸青磷飞不息,河山终古叹苍凉。

舟行遇风大吐倾盆,戏占一绝以自嘲

跋扈飞廉故打船,随波上下势无前。

平生险境都尝遍,那怕洪涛直拍天。

赠友

平生私愿得瞻韩,萍水相逢吐肺肝。

烛剪西窗谈夜雨,樽开北海怅春寒。

常深叔度三秋想,已结平原十日欢。

聚晤良由天作合,忘年欣与订金兰。

得聆恢论扩胸襟,公瑾醪宜快共斟。

我乏知交才更拙,君尤好客契殊深。

一江南北诗和玉,两地心情利断金。

分手明朝无限恨,汪伦高谊见如今。

---

① 金城山在石邑之南。

留春 次吴醉樵先生韵

也效攀辕乞绿阴，子规啼碎故乡心。
天公若使春常在，我亦情甘解万金。

流水光阴已早知，客中聊写惜春词。
留君片刻终须别，无奈痴心去要迟。

此去相期明岁来，惜花心事总难灰。
春光别我先归去，我尚留君未忍回。

一年虚度又经年，三月莺花梦暗牵。
太息东皇难挽驾，痴心也要告苍天。

附原韵

千金一刻好光阴，赚到今朝费煞心。
果得天明留一刻，买来也不惜千金。

痴心报道与君知，挽驾殷勤君莫辞。
吩咐谯楼司夜辈，五更击柝要迟迟。

明知君去一年来，怎奈留君心不灰。
杜宇今宵啼倍急，怕他定欲唤君回。

韶光九十爱年年，到老尤教意兴牵。
我欲商量君暂住，莫令辜负好花天。

饯春 次吴醉樵先生韵

东皇返斾不嫌迟，怅说明朝又别离。
我到东郊来一饯，满江风雨柳丝垂。

惜昔星回斗转寅，百般红紫斗芳辰。

而今九十韶光老，我为伤春又送春。

碧栏干外燕莺忙，瞥眼春光又夏光。
此去明年才返驾，新诗吟得当称觞。

子规何事苦相催，临别依依且暂陪。
酹酒告君留片刻，一年一度一归来。

附原韵

东皇今岁去迟迟①，青旆今朝始别离。
怪得昨宵飞骤雨，怕因恋恋泪频垂。

风光几日说回寅，又到东郊饯别辰。
安得坚留青帝住，人间个个庆长春。

燕语莺啼异样忙，似来打叠送春光。
客中我却无他饯，聊把新诗当酒觞。

是孰金牌故意催，春光不肯久追陪。
私情一段叮咛嘱，明岁还须早早来②。

秋日闻晓钟

晚凉天气恋重衾，遥听晨钟断续音。
午夜敲残羁客梦，一声击破利名心。
霜飞野寺苔痕湿，月落寒江曙色侵。
身在静中须猛省，营营不必计还深。

---

① 三月中浣始立夏。
② 腊望后一日立春。

钟山游草

起壬寅终己酉,均客湖口

春夜听雨

细雨廉织月影沈,养花天气嫩寒侵。

海棠无力含红泪,蕉叶多情补绿阴。

别馆翻添羁客恨,空阶滴碎故乡心。

年来春到江南岸,惯听潇潇旅夜深。

附录吴味耕寄和前题

萧斋兀坐漏沉沉,一夜飙风凉气侵。

细雨滴残孤客泪,轻云拂透万花阴。

蕉声淅淅敲人梦,灯影荧荧照我心。

幸有诗笺传两地,莫将离恨感春深。

舟行口占

端爱水云乡,一叶轻舟驾。

淘尽古今愁,大江流日夜。

作客三年忽思归去,束装就道口占一律

四月初六日

久赋归来未有期,今朝忽动故乡思。

清风两袖吹来去,明月一肩伴早迟。

八百关河怀旧路,十年踪迹纪新诗。

昨宵记得灯含蕊,料是高堂念远儿。

中秋卧病里中口占一绝

去岁中秋客里过,今年病里过中秋。

良宵辜负团圞月,应惹姮娥一段愁。

三十述怀

才过弱冠无多日，驹隙匆匆又十年。
慈母衰颜悲白发，严君遗像溯黄泉①。
人都有志能成业，我但虚生不象贤。
积愤满腔谁可说，几回搔首欲呼天。

世路崎岖几度过，流光逝水叹蹉跎。
才如司马贫难免，情似江郎恨转多。
半世风霜深阅历，一生事业渐消磨。
从前梦梦今才醒，且诵黄庭降睡魔。

年才而立日方长，惜我灰心名利场。
毕竟世情同蜡味，最难子肖继书箱。
望云怀舍常思狄，大被连床愿效姜②。
惟爱天伦多乐处，一家和顺召嘉祥。

记得年当十九龄，无端椿树遽凋零。
留宾徐孺心尤赤③，高谊汪伦眼独青④。
乌哺未伸悲陟岵，牛眠被毁泣秦庭⑤。
从前恨事君休问，沦落而今迹似萍。

又作浔阳江上客，茫茫独自怅天涯。
年非弱冠学犹浅，壮不如人老可知。
结发拙妻欣举案，同怀幼弟惜分炊⑥。
门庭萧索由来渐，怕读鸱鸮毁室诗。

---

① 先君弃养十一年矣。
② 弟在家读。
③ 徐莘贤老伯性豪迈，有任侠风，与先君为总角交，予有纷难必出排解。
④ 汪选青老伯与先君交契最深。先君见背，予落拓无似，惟伯怜爱器重异常。
⑤ 先君手建厝屋，丧中被族某拆毁，后经控县及府，逾三年而案始结。
⑥ 今夏兄弟析居。

钟山胜迹快登临①,旷览江天感慨深。
两世未能酬帝德,一衿讵足慰亲心。
班生志趣怀投笔,季子风尘囊乏金②。
不信阳春都有脚③,青衫困我到如今。

附录吴味耕④ 寄和六章 不限原韵

瑶章飞到客窗前,展卷高吟倍黯然。
总是文章憎命达,聊将幽愤写诗笺。
含冤精卫难填海,离恨娲皇不补天。
君自多愁我多病⑤,生涯鸡肋寄年年。

一生愁思客中过,运不逢辰其谓何?
尘海知音今日少,英雄落魄古来多。
漫言寒士常悲愤,益信才人总折磨。
皖水湖山同此恨,且斟热酒且高歌。

云移花影映斜阳,几度思君写短章。
贫病一生同弱絮,飘零半世误流光。
新愁旧恨凭谁寄,夜雨秋灯只自伤。
游子他乡悲久客,那能亲侧舞莱裳。

软红十丈绕空冥,底事邯郸梦未醒。
有节枝头师劲竹,无根水面叹浮萍。
那堪旅夜愁千缕,喜得清光月一庭。
正是相思难著处,隔江遥望远山青。

---

① 寓所距石钟山仅数武。
② 客囊空空。
③ 十月诞辰。
④ "耕"为整理者所加。
⑤ 予常为二竖所缠。

长宵独坐漏迟迟,万绪纷乘只自知。

一盏疏灯光隐约,半窗斜月影迷离。

羁栖客馆愁今日,凄绝乡关怅别时。

我亦满怀孤愤在,为人作嫁笑侬痴。

从前境况漫追寻,自解愁怀把酒斟。

寄意裁笺休写恨,抒情对月且狂吟。

忘年竟结同心契,久别全教旅思深。

更有钟山多胜迹,劝君一览豁胸襟。

昨夜梦见内子病容瘦削,乍见之际悲不自胜,醒来眦泪尚湿,诗以纪之

癸卯闰五月二十七日

支离床蓐两经秋①,参术频投总不瘳。

千里家山千里客,十分憔悴十分愁。

中年儿女情偏切,贫贱夫妻愿未酬。

我为思卿魂入梦,醒来犹觉泪常流。

廿载糟糠愧我寒,怜卿多病别应难。

宵深常苦衾裯冷,体瘦翻嫌衣带宽。

薪米更劳慈母计②,药炉幸有女儿看③。

伤心夫婿天涯客,读到家书泪暗弹④。

旅夜闻箫声

乡愁难觅安排处,懒剔银钎梦未醒。

何处箫声天半起,好风偏送客中听。

---

① 病已二年。

② 内子抱病,琐务悉累老母。

③ 病中皆两女服事。

④ 接家书之后,积忧成梦。

友人蓄一竹鸡,甚驯啼可百声。一日置池边,失手堕水而死,作二绝句挽之

> 笼中也托一枝栖,无妄灾生堕碧溪。
> 此后谁呼泥滑滑,三千客路梦魂迷。
> 绿水无情葬玉翰,宛如鸥鹭踏波澜。
> 而今已脱樊笼苦,免得依人奋翅难。

舟过小孤
甲辰二月二十日

> 孤峰特立水中央,梵宇凌空对夕阳。
> 莫怪世人伤远别,小姑终日望彭郎①。
> 苍茫烟水泛轻舟,两岸春光一望收。
> 既倒狂澜天欲挽,特生片石砥中流。

舟泊华阳,夜雨无聊,口占二绝以自遣

> 高挂风帆过皖城,华阳镇畔驻行旌。
> 篷窗无计消长夜,花月传奇最有情②。

> 一夜潮声夹雨声,听来孤客最伤情。
> 卅年踪迹多飘泊,我比船儿更觉轻。

友人有小横幅画一美人,淡妆缟素,倚栏折梅花一枝,丐予诗以题之
乙巳

> 藐姑仙子净无尘,脉脉含情太素身。
> 料是江南夫婿远,妆楼特寄一枝春。
> 暗香浮动雪初融,老干疏枝满院中。
> 侬折此花来比较,冰心艳质两相同。

---

① 对面即彭郎矶。
② 携有《花月痕》一部。

生日感怀

丙午

石钟山下寄萍身，压线年年混俗尘。
我到今朝多一岁，晖怀昔日报三春①。
久居异地乡音改，每忆家山别恨新。
更有江南风景好，雪泥鸿爪悟前因。

驹隙匆匆逼岁华，那堪心事乱如麻。
一庐风雨秋光老，千里关河客路赊。
旅夜有怀常入梦，他乡虽好总思家。
挑灯欲把新愁写，恰到三更月影斜。

我本生来命数奇，茫茫谁与话襟期。
须知狡兔营三窟，漫说鹪鹩借一枝。
合室芝兰欣晤对，满门桃李费扶持②。
客中岁月如流水，偶欲偷闲且学医③。

一年又是一年过，百岁光阴有几何。
别久良朋怀北海，生前幻梦悟南柯④。
人经忧患雄心少，境到蹉跎感慨多。
往事不堪重记省，且凭诗酒降愁魔。

附徐莘贤老伯赐和前韵

时年七十有八

久知仙骨有君身，玉树临风迥出尘。
笔墨营生千里客，和平处世四时春。
牵车服贾诗书伴，混迹居陶事业新。

---

① 先君弃养十有五年。
② 典内学生廿余人，予愧无师承，难以课督。
③ 暇阅岐黄家言，颇有心得。
④ 予别号"幻梦生"。

志气男儿真自励，一毫热灶未曾因。

极目郊原认物华，田园非复旧桑麻。
粗缯大布君衣惯①，促膝谈心我兴赊。
吾辈不宜先作俑，人情且看各成家。
何当剪烛西窗下，一听狂风细雨斜。

莫向当前说偶奇，人生遇合本难期。
张良灞上逢高祖，先帝辕门射戟枝。
孤竹首阳薇共采，子卿雪窖节空持。
古今此病知多少，和缓虽存不可医。

冰雪消亡尽见过，强梁结果竟如何②。
敌深未必天常夜，时到终当斧有柯。
投笔漫言称意少，读书尚冀十年多。
今君岁月方而立，杵借沙门共降魔。

又补和次韵一律

含今茹古嚼英华，定卜纶音诏降麻。
花样文章双管下，砚田稼穑十分赊。
高堂此日西王母，内助当年曹大家。
鸣鹤在阴声唱和，庭前荆树影横斜。

元旦试笔
丁未

庆贺王正月，风光处处新。
独为千里客，又是一年春。
鸡肋同斯味，鹪枝寄此身。
乡心今日甚，游子远思亲。

---

① 衣服质朴，仍然旧式。
② 十年前与人雀角，今其家已凌夷矣。

腊鼓催年去,星回斗建寅。

河山仍是旧,岁月又更新。

柏叶铭佳节,椒花颂吉辰。

云笺裁五色,呵笔写宜春。

月夜自浔阳放舟之湖口

镜样湖光放棹行,乡心多少逐潮生。

一江波影随帆转,两岸虫声夹橹鸣。

浪急偏教舟似叶,窗开却借月为檠。

归来已下城门钥,恰过三更又四更。

暑夜有小虫向灯光飞扑,卒被焰焚而毙,因占二绝句吊之,兼以慨世

细小幺么飞似梭,灯光明处绕偏多。

料应平日趋炎惯,顷刻亡身尔奈何。

银烛高烧夜未阑,飞蛾扑火把身残。

要知世上趋炎者,都与微虫一样看。

舟泊芙蓉墩 距彭泽四十里

滚滚长江日夜流,四围暝色上轻舟。

连云樯舻频归港,近水人家半住楼。

十里鸡声啼晓月,一宵虫语泣深秋。

关心明日西风好,又挂征帆过渡头。

阻风黄石矶,长夜无聊赋此以遣
十月初六日

独坐篷窗下,无聊且自吟。

雁声啼远浦,渔火出疏林。

风静波光迥,霜严夜色深。

此时难释处,最是故乡心。

两过华阳均遇大风,舟次无聊,口占一律

鹿鹿鱼鱼笑我劳,华阳两次泊征艘。

浪花似雪兼天涌,霜叶因风彻夜号。

港小恍疑舟在岸,滩深且喜水容篙。

新愁难得安排处,欲并江声起怒涛。

除夕感赋

逝水光阴岁又除,人生忽忽梦华胥。

壁留残句征鸿爪,室有藏书饱蠹鱼。

三十年来知己少,一千里外故人疏。

每逢佳节嗟为客,白发高堂独倚闾。

和徐莘贤老伯八十自寿原韵
戊申

羡公独得杖朝年,龙马精神岳降天。

两代知交敦古道,八旬大庆惠瑶编。

祝邀梦帝龄添九,喜兆兴家橘种千。

眼看儿孙齐绕膝,德门瑞事已开先。

记得当年祝古稀,时随杖履未相违。

八千岁月椿常荫,百二关河萍样依①。

肝胆论交知我久,和平处世少人非。

欣看潞国精神健,定有蒲轮可到扉。

忆昔排纷屡拯吾,老成谋事不糊涂②。

桂兰秀发香凝室,桃李阴浓花满株③。

学有渊源宗汉宋,诗从敦厚近唐虞。

---

① 予客浔阳八年。

② 予昔有外侮,蒙公排解,兼代筹策。

③ 公门下士尤多。

我侪愧不常亲炙,远在他乡把口糊。

悬壶济世漫世望①,分得廉泉购市房②。
不信点金真有术,须知致富总多方。
谈来风月同今古,赢到诗词满橐囊。
公更一生甘淡泊,最羞开口说输将。

龙宫方是号长生,著手成春羡大名③。
自古有才兼有厄④,从来多寿便多情。
每思芳讯书传乙⑤,遥记崧生岁在庚⑥。
最是襟怀潇洒处,此心恰与水常清。

五知轩里乐天真⑦,室有藏书不算贫。
诗酒可消名士恨,风霜曾作过来人⑧。
旷怀百世难谐俗,下笔千言信有神。
今日开觞称介寿,我来拜祝在舒滨。

附录原韵并跋

老不自揆,率尔行吟,聊陈一得之,愚毕诉平生之事,为祈大雅诸君引以绳徽。加之宠饰,弄班门之斧,所求点铁成金和郢客之歌,还愿抛砖引玉,翘企瑶笺庶光蓬荜。

今朝什一得彭年,烧劫余生锡自天。
拭眼扶鸠观盛世,翻书驱蠹补残编。
驹光虚度过三万,椿荫皆来颂八千。
邻里纷纷恭拜祝,愧夸五福此为先。

① 公宰子在乌石陇开设成春药号。
② 近置市房数所。
③ 公精岐黄术。
④ 公丰于才而艰于遇。
⑤ 公时惠函存问。
⑥ 公诞于道光庚寅。
⑦ 五知轩者,公之别墅也。
⑧ 公昔遭讼累,与予同情。

弟兄凋谢友朋稀，赏晰奇疑事久违。
独坐暗将诗礼默，处邻常念辅车依。
敢云举世同胞与，但愿居恒少是非。
家室幸邀天眷佑，无灾无害到柴扉。

自笑今吾尚故吾，埋头稼圃老泥涂。
言妨惹厌常扪舌，动惯招尤困守株。
书读仲尼兼仲景，事求无诈复无虞。
传家世世原清白，饘粥儿孙聚首糊。

垄断登来左右望，悬壶颇复类长房①。
教孙学种门前杏，闭户闲看《肘后方》。
驻景敢云探大药，活民谬欲托青囊。
此衷自问谁当谅，惟有"无欺"两字将。
碌碌庸庸了此生，此生无利复无名。
随波逐浪常从众，抱憾怀渐总有情。
自顾漫称徐孺子，人偏唤作老长庚。
褫衣屈指今卅载②，俟到何时河水清。

闲坐聊将笔写真，差堪自信在安贫。
每怀贵士轻王者，常对奇书当故人。
客到但邀游酒国，项强从来拜财神。
何当风顺鸿毛遇，顿化舒滨变渭滨③。

和汤志轩前辈七十感怀原韵

千里暌违十度春，频传尺素悃难伸。
东山品重推名士，南极星辉祝老人。

---

① 在乌石陇卖药为生。
② 庚辰辛巳间，祖坟被发，伊往来奔诉，正堂喻儒学尤陈罗织斥革。
③ 家住舒溪岸侧。

血性论交常顾恤①，耄年好学不因循。
古稀大庆称觥日，酌进兕觥盘献辛。

持身廉介畏人知，操守如公安可期。
诗酒神仙誉此日，春风化雨仰当时②。
书陈五福先称寿，卦画三爻亦有奇。
闲到驼峰一眺望，手扶鸠杖步迟迟。

世界翻新大异前，忧时常切祖生鞭。
灵椿不老八千岁，鸿案如宾七十年③。
淡视利名居隐地，勤攻经史养心田。
优游杖履精神健，福寿俱全锡自天。

一经传子又传孙，三代同庠羡德门。
重望于今钦北斗，幽居自昔拓西园④。
庭无俗客劳迎送，室有奇书待讨论。
幸睹灵光辉鲁殿，蒲轮待御荷皇恩。

附录原韵

甲子才过又十春，依然蠖屈未能伸。
才非卓卓常渐我，家屡空空敢怨人。
世路崎岖惊步履，道闲严整慎持循。
共艰辛有荆妻在，闲与朝朝说苦辛。

高山流水有谁知，海上携琴遇子期。
自谓相成终有日，可怜聚处不多时⑤。
鸿毛也想逢风顺，猿臂无能挽数奇。

①椿有外侮，公必排解。
②舍弟从读有年。
③公夫妇齐眉。
④西园为公别墅。
⑤光绪初际，陈明府质存办公沪渎延继在幕，未几，明府仙逝，遂返棹归里，教读为业矣。

爰拟栽桃兼植李,云山深处好栖迟。

康强未必尚如前,日戒儿孙好著鞭。
心在麟经坚此日[①],身随虎帐记当年[②]。
传家不妄思金窟,活我何妨只砚田。
通塞升沉终有命,泥涂轩冕听苍天。

课子十年又课孙,芹香咸惹耀蓬门。
布衣蔬食风留祖[③],春韭秋菘味在园。
满架图书相讨究,列邦刑政共评论。
香分贡树微荣我,合具衣冠拜圣恩。

中秋感怀

姮娥不管人间事,无限幽情欲共论。
百岁难完儿女债,三生莫报父师恩。
歌来白纻增离绪,话到青衫胜泪痕。
我是年年金线客,每逢佳节更销魂。

皓魂当空镜样明,举头相望客心惊。
登楼此日同王粲,游岳何年效向平。
砧杵几家商妇恨,关山一片女儿情。
休言三五团圞好,我睹清光百感生。

客石钟者将十年矣,欲缀以诗未果,特恐山灵笑人,因分咏以状其景

半山亭

由成德岭而上,石磴天梯,至此可容小憩。田副戎明山,手题"半入江风半入云"额。又星沙刘佐尧题"小憩"二字,壁泐邑人高心夔《石钟铭》,书法遒劲。

---

① 昔王荆公创经义独废春秋,余至今惜之。
② 红巾乱时,先父领乡团出境,继常荷戈侍侧。
③ 族祖布衣公明季殉难,史有专传。

再拾级而登,即绀园也。

> 石磴层层径曲幽,蹑身直上与云浮。
> 凭栏小憩浑忘倦,还有奇观在上头。

绀园

入门有笑面佛,上书"皆大欢喜"四字,并绀园额,皆彭刚直公笔也。

> 钟鱼隐隐复沉沉,欲扣禅关证道心。
> 百岁流光同幻梦,十年胜地惯登临。
> 名山多被僧人占,好景常留过客吟。
> 我亦摩崖书数字,漫将姓氏附苔岑。

方丈客堂

兹山之供香火者住焉,结伴登临,闻钟磬声,不觉尘心都净,有翛然出世之想。

> 梵宇凌空对夕晖,客来方丈篆烟微。
> 经声彻夜鱼争听,水影连天鹤倦飞。
> 偶与老僧谈妙谛,为参古佛悟禅机。
> 人生烦恼终难了,着了袈裟少是非。

船厅

在方丈前,屋式如船,故名之。左右修竹,面临大江,觞咏其中,如天上坐。厅前为江天一览亭,彭刚直额书"听钟声处"。陟亭眺江景,洵巨观也。

> 湖光山色绕楼头,过客登临纪盛游。
> 凿得层岩石作室,筑成精舍屋如舟。
> 闲鸥带雨眠花浪,野鸟冲烟宿蓼洲。
> 欲听钟声在此处,噌吰鞺鞳一天秋。

坡仙楼

彭刚直重镌学使,翁方纲手书"苏文忠记"于上,浓荫当窗,迥非尘界。

> 禹迹遍尘寰,奇山处处有。
> 奚以不知名,而无文人寿。
> 彭蠡有钟山,山亦一培塿。
> 因何著千秋,自昔来坡叟。

月夜泛舟游,栖鹘鸣山首。

大风自西来,水石相撞扣。

穴罅荡微波,噌吰响洞口。

叟遂记其奇,石钟名不朽。

胜地以人传,唯文乃可久。

我今登此楼,瞻仰更拜手。

只乏笔如椽,山灵笑我丑。

即不能吟诗,复不能饮酒。

碌碌一劳人,愧作眉山后。

更上一层

与坡仙楼毗连,蜗角三弓,耸临湖畔,刘佐尧额题"五步十步之间",开窗闲眺,可望匡庐。

百尺耸江头,匡庐好景收。涛声疑在树,秋色正当楼。

室小堪容膝,天空任纵眸。大江流不息,淘尽古今愁。

报慈禅林

殿供佛像,彭刚直建为太夫人祝厘处也。槛前有石岩,池注江流,每当白莲盛开,如入兜罗绵世界。

劬劳母氏切乌私,建得琁宫号报慈。

此是将军伸孝道,倩他释子祝神厘。

听来妙谛心田净,看到庄严色相奇。

更有老僧闻客至,欢迎合掌诵阿弥。

昭忠祠

敕建。前庑祀萧节愍公捷三,及殉战官弁,后庑祔祀楚军水师士卒,曾文正、彭刚直,均有记。同治十一年二月,文正薨于两江节署,越明年,奉文,以前庑正中,崇祀文正,徙节愍于傍。祠内槛联殆遍,皆一时贤士大夫所留题者,读之犹懔懔有生气。前有剧台,秋日倩梨园子弟,奏霓裳一曲,以侑忠魂。

庙貌垂千古,褒封荷圣裁。

大江悲浩劫，楚国羡多材[①]。

雨露君恩重，山河将略开。

英魂长不灭，华表应归来。

听涛眺雨之轩

逾昭忠祠侧门，下行数武，即此轩也。轩后紫藤一架，有石如笋，扣之作金声。前苑挺立石丈，嵌空玲珑，题曰"冷云"，即对之下拜，亦无心出岫也。

槛外涛声带雨来，云如泼墨隐楼台。

行经香国心怀爽，坐对江天眼界开。

几处山光青入闼，满阶草色绿侵苔。

玲珑石丈森森立，我欲相招共饮杯。

芸艿斋

斋之对面，即听涛眺雨轩也。内栽海棠、芍药、石榴各种，春日披襟独坐，听鸟声啁啾，令人忘醉。两廊泐唐魏文贞书，今尚书贺公诗，曾、彭二公昭忠祠记，及梅兰各石刻，僧徒常摩印以售。

回廊曲槛一幽居，绿意侵帘画不如。

壁写新诗名士迹，碑镌奇字古人书。

遥听筦韵风来候，坐爱花香雨过初。

更喜枝头开烂漫，碧栏杆外有红蕖。

且闲亭

在芸艿斋后，石岩障前，疑无路矣。及睹岩下池，池上梁，则又扶筇而度石门，即蟆天也。

世人多碌碌，身闲心不闲。

谁是忘机客，名利不相关。

我亦如萍寄，十年溷市寰。

偶坐此亭上，尘劳且自删。

清风吹我衣，流水听潺潺。

因知静者心，惟与白云还。

[①] 水陆殉难者皆楚军。

罅天

奇石耸叠，外实中空，入窦即桃花洞，曲径通幽，天然特妙。

怪石蔽洞门，小桥摇波影。

到此疑山穷，忽然辟奇境。

掬月亭

亭中刊彭刚直大梅桩于壁，两旁有小桥，羊肠一线，度桥西陟，即锁江亭也。

欲掬团圆月，岩窝构小亭。一池新涨碧，十里远峰青。

径仄桥如线，山高石作屏。梅花留胜迹，看罢欲磨砺。

锁江亭

寓控键江防之意，登亭眺望，见水天一色，估帆上下，足可驰目骋怀。

一亭屹立势峥嵘，地接东南控楚荆。

毕竟江流锁不住，寒潮夜夜作涛声。

六十本梅花寄舫

彭刚直巡阅江海，驻节养疴处也。四围皆梅，每当天寒欲雪时，见茫茫六合，一白无痕。独琼树亭立，冲寒吐萼，掩映玉山银海间，古色幽香，可添吟兴。

疏枝老干影横斜，恍似孤山处士家。

种到刚符甲子数，年来频驻使臣槎。

纱窗雪白香为国，纸帐烟青客品茶。

公本罗浮仙子侣[①]，一生惟爱是梅花。

飞捷楼

巍然耸峙，高插云表，推窗眺诸景，目不暇玩。先是楼成待命名，适攻克金陵，露布飞驰到山，彭刚直即以"飞捷"名之，志庆也。

凯歌飞报到山头，共喜金陵克虏酋。

百战将军推大树，千秋名士筑高楼。

置身恍与星辰近，极目遥看江汉流。

---

①刚直自号"梅仙外子"。

谁是大名齐不朽,楚材多半已封侯。

归去亭

在飞捷楼右十数武,彭刚直建此,有功成身退之心,故摘青莲句书联云:"心将客星隐,身与浮云闲"。亭前横石,池水清浅,又有野花翠竹,交映左右,少坐可涤尘俗万斛。

轻裘缓带一书生,儒将风流羡老彭[1]。
底事功成归计决,为怀松菊效渊明。
由来鸟倦亦知还,怎奈劳人不得闲。
我到此亭一眺望,白云深处忆家山。

绿阴深处

墙外种蕉桐,间以松筠,凉意沁人,最宜消夏。

一弓缔构最清幽,千万筼筜冷翠稠。
小住不知红日上,深居惟见绿云浮。
蕉声淅沥三更雨,桐韵萧疏满院秋。
此处独宜消夏好,输他热客到难留。

迎熏馆

在绿阴深处之前,清风徐来,洵避暑佳境,间或携琴独弹,与江涛山籁相答应,足令闻者忘倦也。

松筠满院绕回廊,挥暑浑忘夏日长。
迎得薰风来解愠,好留清梦到潇湘。

面壁轩

石嶂峭耸,如坐洞天,侧有单房,为行脚僧挂衲之所。

闭门枯坐欲逃禅,斗室幽闲别有天。
几处烟霞供啸傲,一生山水结因缘。
挂单僧至经声朗,放棹人归月影圆。
聊学达摩习面壁,十年功到悟真诠。

---

[1] 谓刚直公也。

哭汪性初明经

性初为先君门下士,淹博多文,品行纯粹,洵好学深思之士。不料年未四十,于乙巳春间遽尔仙逝。欲作挽诗数首,每拈笔便怆于怀,是以未果。然同窗世好,究有不得不言者,当此金飙撼户,银河在天,听宵虫哀奏,辄抚景怀人,凄然欲绝。因率成五律六章,以当一哭,时客双钟,戊申八月也。

前宵惊恶梦,往事漫相论。
一别成千古,重逢待九原。
有怀徒下泪,无计可招魂。
天道诚难测,人生朝露存。

秋浦纷襟后①,暌违又五年。
音书常不达②,噩耗忽相传。
修短皆由命,伤悲欲问天。
故人一滴泪,能否到黄泉。

忆昔趋庭日,秋风共短檠。
知交敦两代,契好证三生。
遗范推琼苑,修文召玉京。
廿年浑一梦,回首不胜情。

君自骑箕去,人琴感慨增。
宁馨欣有子③,孤寂叹无朋。
凭楮情难尽,生刍奠未能④。
不堪秋夜里,魂梦绕沙塍⑤。

挑灯思作赋,握笔便心摧。

----

① 辛丑春在殷家汇匆匆一晤。
② 自辛丑腊月客江右后,彼此音问遂疏。
③ 哲嗣孔彰聪颖善读。
④ 予屡思亲酹墓门而艰于路远未果,抱疚殊深。
⑤ 沙塍为君住里。

未值龙蛇岁，先生鹏鸟灾。
人难臻上寿，天亦忌多才。
都是蜉蝣客，悲君更自哀。

浔阳江上客①，旅夜发哀吟。
白发愁添鬓，青衫泪满襟。
我生多遗恨，君死少知音。
无负平生处，遥遥鉴此心。

元旦试笔
己酉

元旦喜新晴，丰年兆瑞呈。
常怀先帝德②，更感故人情。
极目乡关远，惊心岁月更。
椒花频献颂，品物自咸亨。

星回寅转后，万象又重新。
已作十年客，虚过卅六春。
羡人都富贵，独我尚风尘。
且醉屠苏酒，聊为身外身。

---

①予客湖口八年矣。
②时守国制。

宛陵游草

庚戌客宣城之孙家埠

　　仙源陈楼五茂才，偶出小堂幅一轴，上画梧桐一株，菊花数本。中一美人独坐，手握芭蕉一片，命题以诗，因占七绝六首酬之并跋。

　　余失学太早，与笔墨为仇者，廿余年矣。吟咏事性颇所喜，乃冥索镇日不能联一字，诗脾何太涩也。今与楼五老友同客宣州，偶出此轴嘱题用，敢效颦勉占七绝六章敬呈，敲正。

宣统庚戌之冬，石埭萱臣苏荫椿漫题并书

碧栏干外雨潇潇，满院桐阴秋思遥。
最是深闺听不得，阿侬先日翦芭蕉。

一树梧桐翠色侵，者番风景又秋深。
笑侬瘦比黄花甚，聊展蕉心借绿阴。

蕉声阵阵雨来初，惹得芳心欲卷舒。
侬且临风折一叶，红情绿意两相如。

绿窗独坐手支颐，脉脉含情意似痴。
正是相思无着处，折来蕉叶好题诗。

菊花开遍晚香凝，无限幽情诉未能。
漫说蕉心抽不尽，阿侬心事有千层。

桐韵萧疏秋已深，妆楼无事且微吟。
不将诗句题红叶，欲借芭蕉写素心。

附孙雪樵茂才应题七绝四章 太平人

绿阴院里有人家，玉貌花容两足夸。
手折芭蕉刚一叶，分来秋色上窗纱。

玉栏干外绿成阴，桐叶萧萧别恨深。
漫说黄花侬样瘦，痴心常卷似蕉心。

心事无端去复来，秋光秋色两相催。
好花无语情偏重，似恨离人尚未回。

去年花里共徘徊，今日花香又一回。
珍重孤芳留晚节，秋来应照旧时开。

白门游草
辛酉客金陵

咏扇

赤曦蔽中天,赖尔不可离。

转瞬起金飙,便欲将尔弃。

举世多薄情,有谁真相契。

美人深皇皇,借尔以自譬。

夏日偕洪君玉如游莫愁湖率句题壁

打桨荡莲舟,湖水皱如织。

荷风袭我衣,尘襟喜浣涤。

湖以女儿名,男儿愧且惜。

莫愁夫婿名,至今人不识。

上下两千年,从无一道及。

羞煞七尺躯,修名不自立。

蠢蠢若游魂,汶汶随世没。

我本善愁人,来寻莫愁迹。

瞻仰郁金堂,美人不可即。

蓉城谢鹭西先生六十弧辰谨赋七律四章以祝 有序

鹭西先生诚笃谦谨,博学能文,尝为宿松同和典经理,殆隐于市者也。庚子岁,予亦服务于皖城同春典,不时把晤,成莫逆交。先生在宿三十余年,驭同侪以德,对地方以诚,内外翕然,至今称之。辛亥鼎革以还,判袂十有余载。壬戌之秋,相晤于白门,彼此须眉都非畴昔。萍聚片刻而别,黯然者久之。今夏为先生五旬晋九之辰,哲嗣成云邮寄征文一册,予愧不文,失学太早,与笔墨为仇者近四十年,搜索枯肠,不能成一字。然与先生交契之深,乌可不贡一言为先生寿,顾作颂扬语则以泛泛待先生邻于亵矣。爰将先生生平事实编成四章,不计工拙呈之。先生度必掀髯笑曰："苏子真知我者,当浮一大白。"

　　　　　二十年前始识荆,订交同客皖江城。

　　　　　羡君绛帐能传子[1],愧我青衫困此生。

　　　　　宿水民思贤者德[2],天衢星现老人明。

　　　　　欣看兰桂亭亭立,诗颂南山酒进觥。

　　　　　漫云握算更持筹,市隐何妨与众俦。

　　　　　诗酒豪情同北海,擘窠大字重西欧[3]。

　　　　　常捐鹤俸兴公益,能格鸥张化异谋[4]。

　　　　　遥祝灵椿长不老,八千春并八千秋。

　　　　　九华云气郁葱葱,仰止高山赋岳嵩。

　　　　　酌酒吟诗名士习[5],扶危济困古人风[6]。

　　　　　家庭雁序天伦乐[7],祠宇鸠工祀事崇[8]。

　　　　　更虑贤材难崛起,特兴学校造英雄[9]。

　　　　　由来积德享高年,花甲初周福履绵。

　　　　　绕膝儿争莱子戏,齐眉人颂孟光贤[10]。

　　　　　临风玉树一枝秀,介寿冰桃五月鲜。

　　　　　我客秦淮思献曝,敬书畸行纪诗篇。

祝内弟沈赞臣先生六旬大庆并跋

　　赞臣内弟先生,今之笃行君子。长予四岁,尝兄事之,明年己巳为周甲令

----

①哲嗣成云,弱岁掇芹文,名噪甚。旋肄业全皖高等学堂,毕业后随办池州中学,士林推重。

②先生经理典务,能体恤民隐。

③宿松天主堂,满室联额皆先生手笔。

④辛亥光复,风鹤频惊,苏氏九典同政乘危挟制要索巨金,惟宿典同人无与先生为难者,平日之德化于斯益见。

⑤先生娴文翰。

⑥先生慈祥好善。

⑦先生性友爱。

⑧先生于修祠一举首捐巨款,煞费经营,远近称道弗衰。

⑨先生于祠侧添建学舍,为教育子弟计所见益大。

⑩夫人贤明有淑德。

辰,愧予不文,不能为寿言,搜索枯肠得二百廿四字,缀成俚句,冀以村歌侑觞不足云诗也。戊辰冬月。

　　三百六旬甲子过,羡君已享杖乡年。
　　鳞笺未达嵇生懒[1],鸿案如宾德曜贤[2]。
　　万里关河深阅历[3],一枝兰蕊见芳妍[4]。
　　闲看尘世多迷误,费尽婆心化大千[5]。

　　岐黄奥旨勤探讨,卅载悬壶济困贫[6]。
　　舆辇乘来非适意[7],针砭到处立回春[8]。
　　不趋权路常辞简[9],惟饮廉泉屡却银[10]。
　　医德如君能有几,好人二字播遐邻。

　　须眉还是壮年时[11],松柏坚贞秉异姿。
　　佛子心肠侠士骨[12],老苏文学少陵诗[13]。
　　布衣蔬食能勤俭[14],处世交朋无诈欺[15]。
　　最是路遥频枉顾,同怀兄弟忆连枝[16]。

　　南极光芒彻夜明,秦淮河畔祝长庚。
　　福原有五寿为首,肱已折三医乃名。

---

[1] 予客中常疏修候。
[2] 君夫妇齐眉。
[3] 君曾客江淮。
[4] 文孙善读。
[5] 君喜二氏言,尝以乩语劝人。
[6] 赤贫送诊且赠药资。
[7] 君应诊远近必步行。
[8] 君治疾随手而愈。
[9] 城市请诊每不应。
[10] 不受厚赠。
[11] 君须发未白。
[12] 君性慈善,人有纷难必出排解。
[13] 君工文词。
[14] 君一生不服裘帛。
[15] 君待人以诚。
[16] 君每岁必视其姊且蒙厚贶,愧无瑶报,歉甚。

咨访漫劳贤令尹[①]，吟哦犹是老书生[②]。

他年杖国筵开日，再颂冈陵进兕觥。

庸六先生[③]近摄卧影，自题"醉生梦死"四字，为照片中特开生面者也，率成俚句 却赠

欲解千愁借酒杯，懒看攘往与熙来。

不如学得陈抟睡，八百春秋算一回。

前意未尽，再占道情补之

叹人生劳一世，抛不开名和利。终日营营工心计，都只为爱子娇妻。忙些良田美地，谁知道三万六千天光阴，迅速泡影。昙花似恨，如今邯郸道上借不到枕头来试一试，倒不如老先生一壶酒半支烟逍遥自在。长酣睡不知有汉，遑论晋魏，此与陆地神仙有何殊异。

今秋回里，偶检簏中得故人手札若干，首悉糊于簿册，题曰《鳞笺》，因占七绝书其端

庚午仲秋

大江南北谁知己，千里传书意气投。

三十二人半鹤化，可怜身世类蜉蝣。

庚午九月二十三日书厨造成感而题之

不爱黄金只爱书，书香难继愿难如。

世间多少藏书者，转瞬飘零等太虚。

满架图书足自娱，保藏收拾费工夫。

也知变卖寻常事，二十春秋过得乎？

或饱蟫鱼或售钱，全凭他日子孙贤。

温公一语何沉痛，千古同情欲问天。

---

① 君屡辞都董不就。

② 君手不释卷。

③ 庸六姓黄，休宁人，庚午秋月。

族再阮华存以六旬生日诗邮示，依韵步和即以为寿
辛未秋

杖乡大庆祝千春，福寿康宁萃一身。

愧我衰龄为远客①，羡君壮岁作嘉宾②。

当年共砚惟余子③，此日悬弧颂降申。

遥寄诗笺歌抑戒，古稀屈指仅逾旬。

附元韵

忽忽于今六十春，回头恍似梦中身。

池阳游泮黍为乙④，白下谈经愧作宾⑤。

入幕新军逢戊午⑥，相怀旧友记庚申⑦。

归来瞬息三千日⑧，转眼即看到七旬。

寄桥弟
壬申春

白头兄弟叹参商，我在他乡尔故乡。

可恨两人都命蹇，那堪一子不龄长⑨。

途穷更乏谋生术⑩，弦断难赓谐老章⑪。

幸有孙枝娱晚景⑫，莫因境困过悲伤。

须知后果与前因，因果分明理最真⑬。

---

① 时寓白门。

② 君游燕游晋，历任要职。

③ 童年在则臣先生门下者，今剩君与予二人。

④ 丙申年院试榜发第二拨府。

⑤ 丙午，赴南京馆岳宗叔课其子峄民读二载。

⑥ 戊午年，在振武新军炮营充当书记长，驻天津小站，后经遣散。

⑦ 己未年新军遣散时，因旧友徐君南州任榷运局长，函邀于二年派为定襄分局征收主任。

⑧ 甲子年秋，自秋浦回即未出。

⑨ 鹤侄先卒。

⑩ 弟自大通日新冶坊归来即未出外。

⑪ 续娶弟妇终日勃豀。

⑫ 球侄孙已三岁矣。

⑬ 我二人受家庭折磨，各有前因，宜自忏悔。

两袖清风添白发[①]，一场梦幻悟红尘[②]。

衰年异地难为客，烽火连天欲避秦[③]。

我是有家归不得，人生何处不安身。

述先老友近延写生者,绘一玉照劝予仿行留示后人,诗以答之
癸酉阳月

平生碌碌笑痴顽，春梦方醒两鬓斑。

色即是空空即色，不留清影在人间。

生来傲骨太嶙嶙，任尔丹青画不真。

最是衣冠难着笔，自渐身作两朝人。

古怪形容古怪姿，一生总不合时宜。

平居未拍欧西片[④]，徒令人间皮相而。

白发飘飘一老人，遍尝甜苦与酸辛。

纵然留得须眉在，恐失庐山面目真。

---

① 兄客游卅载,囊橐空虚。

② 兄一生悉在梦境。

③ 倭寇侵沪,风鹤频惊。

④ 生平未到照相馆摄影。

诗 余

晚泊即景满江红

大江滔滔，东去也，何时少息。看两岸荒烟衰草，迥异今昔。南北茫茫帆上下，萍踪飘泊谁相识。听夜深，细雨打孤篷，潮声急。没情水，纹如织。多情月，痕无迹。但樯舻连云，蒲帆蔽日，红蓼滩头鸥鹭起，白蘋洲畔鱼龙泣。试推窗，只见渔灯青，寒江碧。

附吴醉樵先生①改作

大江滔滔，东去也，何时少息。看两岸柳绿桃红，春光犹昔。南北茫茫帆上下，萍踪飘泊谁相识。尽扁舟一叶放中流，任飞鹢。阴黯黯，云铺黑。风飒飒，波翻白。问放胆狂吟，谁称词伯。击碎唾壶鸥鹭起，敲残拍板蛟龙泣。试推窗，只见春山青，春水碧。

秋夜不寐忆秦娥

景悠悠，清歌一曲月如钩。月如钩，虫声四壁，又泣深秋。天涯羁客惯多愁，半生心事几时酬，几时酬。可怜王粲，尚是依刘。

秋夜怀族华臣高阳台

斜月摇窗，惊飙撼户，者番景况清幽。旅馆怀君，相思怎样能休？联床风雨当年事，我二人胶漆情投。最难忘，弱岁交深，总角交游，挑灯共说青衫恨，且开枰遣闷，煮酒浇愁。忽忽而今，别来一日三秋，萍踪化作天涯絮，更谁怜王粲依刘，听哀蛩，梦断江南，泪泾江州。

---

① 先生宿松人，岁贡生。

秋夜怀谷宝泉绮罗香

阮籍猖狂，贾生痛哭，自古奇才天妒，君亦如斯。锦瑟年华又误，怅落落，孤芳孰赏，世茫茫，蕉桐难遇。更有余，同病相怜，萍踪共作天涯絮。光阴奚啻逆旅，记得桃花时节，旬朝欢聚。联榻挑灯，频说青衫困苦，到而今冷落关河，听征鸿，一声凄楚最愁人，飒飒西风，空阶滴夜雨。

余市得一茗碗，上画二美人，风姿娟秀，宛然如生。或谓是绘二乔图者，抱病旅居，日对芳容，颇切钦慕，戏填蝶恋花一阕
壬寅十月初四日

画里朱颜多媚妩，手托香腮，共结同心缕。脉脉含情浑不语，深闺莫是怀夫婿？斜插犀梳云半吐，描出娇羞，别有怜人处。倩女离魂如可晤，烹茗且说相思苦。

甲辰岁暮感怀满江红

卅载光阴，恍如是白驹过隙。悔当日文章误我，青春虚掷，剩得头颅伤老大，年年只为饥寒迫。到而今，囊笔走天涯，嗟行役。思庚子，皖城客，忆辛丑，鄱阳适，叹无端萍聚，鸿泥留迹。腊鼓声声敲旅梦，羁愁叠叠凭谁说。更那堪，风雪打窗前，乡心切。

叹离燕有所慨也昼夜乐

乌衣巷口曾相住，便岁岁，来寻主，可怜薄命依人，阅遍居停几许，营得巢成春色暮，枉费了一场辛苦，天末起金风，又商量归去。而今秋怨凭谁诉，叹飘零，添离绪，漫言画栋雕梁，总是傍人门户。王谢堂前空寂寞，只剩有落花飞絮，从此各西东，再相逢何处。

联　语

余婚有年矣,而膝下犹虚,家慈祷诸感山社前,逾年果举一男,命撰联语以志神佑

乙未秋日

玉燕未投怀,记曾克祀克禋为望一丁绵似续。

石麟初在抱,愿更无菑无害永随五戊祝神厘。

内子患病数年,默祷于十二都观音岩,果蒙护佑,谨撰一联以答神贶

乙巳五月

艾未获三年为扣孟光离二竖。

药欣勿再剂缅怀大士祝千秋。

挽汪选青老伯

辛丑秋日

往事最关心,记桃花浪里,汇水维舟七八日客舍周旋,何期违教匆匆一别,顿成千古恨。

人生如寄耳,适杜宇声中,皖江闻耗数百里云天迥隔,只好临风怅怅三春,又到九秋时。

挽汪笃泉封翁
丁未九月

同是故乡人,想当年痛痒相关,八载知交常聚首。
忽然成大梦,恸此日音容永隔,九秋风雨欲招魂。

又 代友作

半生倚玉忝属葭莩,依恋垂卅年,讵料鄂渚归来,竟成永诀。
百里传书忽惊薤露,凄凉刚九月,欲借石钟响处,为送哀音。

徐莘贤老伯八十大庆暨世兄文鼎,为令郎合卺志喜联

寿介八旬欢承三代,昌卜五世诗咏百年。

又

八千岁为春,杖朝独享彭篯寿。五百年缔好,举案欣齐孟女眉。

同兴典五月十三日祭 武圣随占一联

同伐魏吴王业,三分归一统。兴扶刘汉英雄,百战著千秋。

鸣儿客中病危,诣普济寺请乩示方,果一药而愈,特作联匾以答神庥

辨证论方国手不能驱疟鬼,回生起死神丹毕竟胜良医。
匾曰:感深再造。

寄身药室联

寄怀天地外,寄居蜗角寻生趣,寄情霁月光风里,寄想常存良相志。
身在杏林中,身向龙宫讨秘方,身在廉泉让水间,身闲且读活人书。

惜字炉联

薪火留残焰,文章遭炬劫。
诗文剩劫灰,经史赖薪传。

挽族再侄吉庵

樽酒昔言欢,风雨十年常聚首。人琴今已杳,阳春一曲少知音①。

又

死何足悲,所难堪者君母耳。天胡不吊,为吁嗟兮我伤心。

又代在田

血性待人,廿载张罗惟我厚。公私交瘁,两都领袖独居劳。

题复古庵楹联

拜甚么佛,念甚么佛,佛真有灵哉,须知佛即是心,心即是佛。
度那样人,劝那样人,人勿自弃也,当识人不离道,道不离人。

又

烦恼权搁一边,且喜水月山风别饶清趣②,

儒释原无二致,特假轮回因果化善人心。

挽岳父代张寓锋作

春初挥尘春暮骑箕,九十日弹指光阴,讵料长庚陨宿海。
问药未亲执绋未遂,三千里缅怀甥馆,徒教半子泣京华。
轴曰:泰山其颓。

挽潘茞臣明府

萃康宁好德考,终于此身趺坐而归,公赴蓬壶寻旧侣。
综循吏儒林文,苑以合传口碑犹在,我无椽笔状先生。

又代友

小试花封泽留,浙水看沧桑遽变,亟从宦海收帆解组赋归来,君是陶靖
节一流人物,

前亲芝范榻下,钟山忆樽酒犹温,忽向蓬莱返斾生兮怅遥奠,我过黄公

---

① 十月初三去世。
② 时予馆是庵。

垆千古伤心。

又代友

往事最关怀,忆小子幼龄失怙,孤苦伶仃幸赖葭莩常庇荫。呼天频搔首,痛我公晚岁丧明,忧思抑郁可怜羁馆作长眠。

又代友

撒手归真,万里烟霞瑶岛客。招魂作赋,一庭风雨秣陵秋。

示鸣儿

壬申小阳十七日

昨晚接五十八号贺寿赤柬,父子之间,何必客气。日前尔次姊送我大洋十元,以折寿筵,我比时训斥退回。典中各友,及同乡契好,皆欲为我称觞,我告以如有送寿仪者,不好是买点锡箔送我,众见我意坚决,遂无举动。夫我之生日,即父母难日,读哀哀父母,生我劬劳之章,能不恻然于心乎!世俗每逢生辰,大开筵宴,杀牲享客,自以为豪。而南京更有大小生日之恶习,逢十为大生日,周年为小生日,戚友必送礼,主人必请客,此种浇漓怪状,良可浩叹。我于是日,吃素一天,适汤殿臣兄来晤,遂约其到绿柳居素菜馆便餐,带欢孙同去,而殿臣不知是日为我生日也。读书人,每届花甲必有述怀诗示人,我则不会做诗,只宣布生平罪状自讼,兼以忏悔而已。近日售货事繁,容迟录寄可也,欢孙在典平安,望勿念。

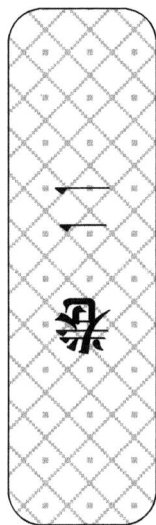

覆汪性初

辛丑二月二十三日

清明节届,游子思家,闷坐客窗,无花无酒。忽手书至,如晤故人,愁虑顿消,慰甚,慰甚!前呈述怀八章,因旅馆凄其,追念生平偃蹇,藉以代哭,度知己者,当能谅之,斧削为幸。弟客况如恒,乏善可告,而贱躯又复欠健,时苦痔疾。舍弟亦为病缠,前接家书,忧心如捣。令兄讼事了结,欣慰无似,讼则终凶,圣人垂戒,吃小亏,不愈于拖累乎。时事日非,各处土匪,蠢蠢欲动。前闻宁国县境,盐枭肆劫,与浙匪联络一气,藉谋不轨。大宪檄剿,渐获安谧,和议迄受外夷挟制。旧岁闹教之处,停考五年,朝内忠义,半被惨戮,尤亘古未有之奇祸也。尊大人近日谅抵汇镇,弟拟月杪月初,过江晋谒,手此奉答,临款神驰。

附注:性初,名由中,内乡沙滕人,博学强记,十二岁以背诵五经文宗拔入邑庠。尊公选青先生与先府君虞廷公为莫逆交,命性初从先府君读。予与同窗三年,后由优廪生贡入成均,惜未五十而卒。

致汪性初

三月二十七日①

前在汇镇盘桓数夕,四年阔别,一旦倾谈,其天假之缘欤。乃聚散无常,毕竟别多会少,阅日兄复整策南旋,我亦悬帆北渡,客中送客,倍难为情。尊大人八旬高年,寓居木行,析薪溲米,亲自为劳,殊失老者安之之意,望早日迎养为是。弟仍在皖垣,现无他往,俟居停抵典,再定行止。时事蟛蜎,虽武乡复生,亦难措手。附录《申报》一则,呈览便知。委买纸笔等件,刻已买就,共计本洋一元,今交徽足钱世旺带上,至请察收。惟锡茶壶,现未购得,容后照办可也。外寄上雨靴一双,哂纳为幸,至存尊处微款,近日谅送交,舍弟收矣。祈示知是荷,匆泐。即颂文祉。

---

① 苏荫椿:《信稿便登》题:"致汪性初 三月廿七日"。

致谷宝泉

五月二十六日

池阳判袂，一阅月矣。回忆春间，两造尊斋，晤教数日，鄙吝旋消，想文字因缘，亦三生石上早订定也。前者池郡之役，适文宗按临，弟不敢与诸君角艺文场，实为赧然。阁下学有根柢，前茅之列，不蔡可知。时事决裂，不堪言状，北遭兵戈，西逢赤旱，南省又成水患，百万哀鸿，嗷嗷待哺，何天心之不悔祸耶！秉国钧者，意见纷歧，迄无头绪。昔宋人议论多，成功少，今日正坐此病。蒿目时艰，付之一叹。弟三十年来，百无一就，颠连困苦，未必尽属命运之乖。前偶视邺架，有《元化数》一书，虽云小道，而断人吉凶，辄如桴响，心窃慕之，而愿学焉。蒙许借钞，现已成帙，其号码亦颇能翻查，至某庚用某查法，则百思不得其解。即以贱造而论，兄弟有四，同母生者二人，是有二母之称矣。十九丧父，二十一入泮，此等之事，他人不知，究竟从何处下手，而为一一查出？望阁下排成格式，详注方法，以便仿此类推，或可领悟。祷切、祷切！外奉上英洋六圆，区区之数，不足云敬，聊表微忱，哂存为幸。即请文安鹄候，赐福。

又

六月十三日①

接示,具见大匠苦心,为感无似。所谓贱造兄弟四人,其号码首卷,第九页,天火同人次数项下"艮共共甲"即是。而所以查知此号之理,仍不可解,殊有不得其门而入之叹。望兄再为告之,幸甚!兄两次被窃,虽所失无多,而在寒士,颇费经营。存诚亦为梁上君子所算,何文人之多厄也。要知居不幽者,志不广,形不愁者,思不远。古昔贤人,必处困苦艰难,而后可与有为,可资明证,些微拂意之遭,乞勿介怀。临款神溯。

附注:宝泉,名渭滨,城南尖山人,邑庠生,善诗古文词,而尤长于辞令,口若悬河,滔滔不绝,一时有说客之称。后为修谱事涉讼,邑令郭恶其词锋太利,罗织斥革。迨姚锡光来长,吾邑始详院开复。光绪庚子,姚调署怀宁,聘宝泉为会计,予亦客皖,因订交焉。

---

①苏荫椿《信稿便登》题:"覆谷宝泉 六月十三日"。

附来函[①]

六月十一日

　　读先后来札，洋洋洒洒，叙事之外，尤见大君子忧国忧民之至意。他时起而行者，当不出坐而言者也。佩甚！盼甚！至掷还数本，函内附番佛六尊，似为学数设者，何客气乃尔，姑存之，以待子不时之需。弟非敢不拜赐也，盖揆授教之初心，为其人，非为其利耳。其缺然久不报者，日来洪水横流馆中，止未进房，霉气逼人，儳然不能终日。又于月之初七日被窃，合春间一次，计值不下六七元。愤闷无似，致烦再问，歉甚。至于授数之法，必逐条对讲，某事查某卦，听者心领神会，逐事覆翻。习之既久，乃能自悟，非可悬揣而知，尤未足旦暮期也。即如贵造昆仲四位，其号码在首卷第九页"天火同人次数"项下"艮共共甲"内，即人数一百五十七，其词曰："兄弟四人，数当居长"。又第二页"兑坤"项下"艮内乞艮"内，乃艮数一百八十，词曰："兄弟四人，不同母生"。再"重坤"项下次层"坎辰申艮"内，即艮数八百四十六，乃是当有三母之称，云云。其查丁外艰，在第十一页"乾"字项下一刻末层"卜申申坎"内，即是，十九丧父。他如入泮查法，在第十二页"巽"字项下二刻头层，即是"艹一艹二"泮捷话头，此其大略也。若夫神而明之，变而通之，则视其人之智慧为工拙矣。弟既许罄其术，断不敢稍有秘藏，犯以言饴之之戒，但其神妙处，非经过数四不得，俟秋凉晋省，再倾倒出之。傥蒙拨冗一叙，则更幸甚。弟今年馆穀本啬，重以饥荒，更形拮据，天之报施寒士，竟如是耶。闻存诚亦受梁上君子之累，同病相怜，莫此为甚，晤时乞代致慰。芝翁及藩卿，统此。细绎赐书，情词委婉，非时下书，依所能道其只字。乃犹虑及谋生之具，非谦而何，仰企之余，曷胜钦羡。覆此，敬请筹安不一。

---

① 苏荫椿：《信稿便登》作："附来札"。

致杨藩卿

六月二十五日①

　　初八日接手书,附族介夫一函,适事繁未答,为歉。次日诣院谒候,闻诸阍人云避水入城,移居龙王庙。弟复造访,而满堂罗刹,不见生佛,怅怅而返。夏季经古课案发,兄定冠军矣。存诚不戒于贼,日久恐难望珠还也。顷接宝泉信,谓有书屏四幅存兄处,委弟代取。祈检交来价携回,以便转寄。此颂文安不一。

　　附注:藩卿,名朝栋,岭下人,光绪科拔贡。

---

　　① 苏荫椿:《信稿便登》作:"致杨藩卿　六月廿五日"。

覆谷宝泉

六月二十五日①

顷接手书，敬悉近状，学数一节，蒙兄一再函示，可谓诲人不倦。惜弟性钝兼褊急，竟犯欲速之戒。来示谓勿持之过急，见道之言，尤为感佩。弟拟登高节后，一赋归与，绕道贵处，再图良晤。兄近精卢扁术，乞刀圭者日众，闻之色喜。弟早年失学，笔墨一道，为门外汉，而兄一再借奖，殆昌黎所谓诱而使之至于道者欤。承索拙作，弟手涩肠枯，不弹此调久矣，偶或东涂西抹，亦不过蝉唱蛙鸣，何足当大雅一盼，既蒙齿及，容录呈览。夏季经古课，昨发案，存诚获二超一特。藩卿肠癖，近亦稍痊矣。此覆即请文安。

---

① 苏荫椿：《信稿便登》作："覆谷宝泉 六月廿五日"。

附来函①
六月二十三日

　　再接十三日手谕，敬悉种种并收到代取之长褂一件，为感。查数之法，承问至再，亟欲著翅至前，面陈一是。奈终日坐无罪牢，受顽童之束缚，正如狝猴骑土牛，不能奋飞。满拟秋凉拨冗趋谒，挑灯话旧，举此中奥窍，口讲指画，必使之领悟而后已。若以笔代舌，纵说得天花乱堕，终无头绪可寻，就令君家坡老复生，亦茫然不解其何故。阁下万勿持之过急，以致入无其门，反令弟谆谆相告之意，郁不得达。一若藉以居奇，故意留难者然，岂不冤成不白耶。知我者，当能原我也。惟是别以久而情深，愿以迂而望切。弟或未去，子先肯来，则把臂言欢，有淋漓之乐，无嗫嚅之忧，尤觉称快。未审一片祥云，得被清风吹到否？盼甚，念甚！弟课徒之暇，间于岐黄家言，肄业及之，不图问道于盲者之接踵而来也。盖謍谈之下，不无小补云。他如钟王诸家，原非性之所近，自兄有管城之赠，又尝与即墨侯、白楮先生相往还，但情不相洽，乍即仍离，恨恨。阁下英锐之资，胸怀奋发，前程未可限量，笔札之美，可以发声振聩，乞赐一二，俾窥全豹至祷。覆此敬叩，道安并候，移玉不宣。

---

① 苏荫椿：《信稿便登》作："附来札"。

致汪性初
七月初二日

五月二十六日，接十四日手书，敬悉一一。久不报者，由心绪欠佳，非关懒也。弟处质库二年，日与孔方兄相晒对，乃渠憎我傲骨嶙嶙，不肯一纾家难。弟亦鄙其臭味差池，因与绝交，从此愈疏而愈远，愈远而愈困，苏季子潦倒风尘，良足悲矣。凉飙在树，秋色将临，宵深兀坐，听虫声四壁，凄切动人，辄触景伤怀，寝不成寐。历溯生平坎坷，有加无已。惟令先君怜爱备至，不料春间秋浦一别，竟尔仙凡异路。追思昔日，声咽泪堕。今夏霖雨为灾，沿江圩圮，变成泽国，逃荒到省者，绎络不绝。刻又大疫，死亡相继，诚巨劫也。徐存诚寓皖考课，屡获优等，文名噪甚，惟日前为梁上君子光顾，失去衣件，约合大衍之数，亦寒士一小厄也。千里故人，加餐自爱，临楮无任依依。

致吴复初①

十月十六日

判袂以来，八易寒暑，关山遥隔，匪但聚晤为难，即欲一通音问，而鱼雁罕逢，寸衷莫达，不胜怅怅。忆昔受业令先尊门下，风雨联床，昕夕晤对，此景此情，恍如昨日。同学少年，今都不贱，独兄碌碌半生，毫无树立，有负师门厚望，自愧奚如。嗣闻令先尊道山之耗，绛帐风寒，仙凡异路，又以路遥，不克尽筑室之义，我心伤悲，曷有既极。兄自壬辰失怙，坎坷迭遇，家室飘摇，濒于危者屡矣，种种苦况，笔楮难宣。旧岁太邑本家，招赴安庆，为同春典司会计。亲老远游，殊非我愿，夫读圣贤书，不能置身青云，已为吾道之穷，而乃依人作嫁，藉谋菽水，以奉慈帏，自怜亦堪自笑。吾弟捷游泮宫，足承先志，以弟天资之敏，复加人力之勤，前程远大，当不仅青青子衿已也。惟年将三十，膝下犹虚，似续之念，万难恝置，况令慈古稀已庆，日望含饴之乐乎。未审吾弟近赋小星否？今三月间，兄因事到汇，得晤陈焕文兄，同窗老友，阔别多年，共话生平，悲喜交集，亟询尊况。悉萱堂日永，欣慰无似，维时焕兄有池郡之役，裁械不及，仅托其致候而已。日昨焕兄又同伊叔晋省，因得令慈大人于本月初三驾返瑶岛之耗，并述吾弟积忧成疾情形，远闻之下，不胜哀感，悼恨不插翅飞来，抚灵一哭。兄本拟明春返里，绕道尊处，一叩慈安，而今已矣。伤何如之，吾弟孝思纯笃，擗踊毁性，自不待言，惟是吾弟既无伯叔，终鲜兄弟，过哀伤身，究非孝道，望节哀顺变为要。兹带上本洋一元，祈略备香楮，至灵前呼兄名而告之，想令慈爱我如子，或蒙鉴享也。因焕兄归便，驰函唁慰，诸维珍摄不宣。

附注：复初，名世杰，贵池大演人，予之姨表弟也，邑庠生。其尊公自修先生，岁贡生，光绪戊子年，先君命予负笈从游一载而归，陈焕文亦在其门下。陈为小演人，距师宅十里，邑廪生。

---

① 苏荫椿：《信稿便登》作："致吴复初表兄"，后无时间。

覆吴味耕①

壬寅二月二十六日

顷者百五节到,风风雨雨,酝酿芳辰,读"清明无客不思家"之句,魂真欲断矣。回忆在皖两年,过蒙雅爱,谬订知心,开枰拈韵,颇不寂寥。我二人在商场中,似脱贾客俗态也,而萍踪靡定,劳燕西东,握别以还,又更时序,追思往事,能不依依。

自抵湖典,悉是新交,益怀旧友,暇惟浏览古书,藉可怡神,兼消永昼。幸湖邑有二钟山,双锁蠡湖,夹拱县治,可称胜景。山不甚高,奇峰怪石,嵯岈万状,似鬼斧神工之凿而成者。山根多罅,微风鼓荡,水石相撞,响若洪钟,因以名之,李渤苏轼二记,俱可考焉。山下南隅,礐石如城,入门数武,有半山亭,可容小憩,亭中悬"半入江风半入云"七字横额,书法遒劲。仰行百步,到绀园,东入报慈禅林,殿供佛像,后即慈荫阁,昔彭刚直公建为太夫人祝厘处也。佛殿前为钟进士楼,供终南大夫,为民间驱邪魅,左邻坡仙楼,中刻东坡《石钟山记》,乃翁覃溪先生手笔也。再登一级,为更上一层楼,开窗远眺,山色湖光,天然图画,而俯视江渚,壁立千仞,辄心摇神怖,若或倾堕。幸窗外多树,约屋如栏神稍稍定,又自笑书生胆小。南转到方丈客堂,闻钟磬音,尘心都净,前有屋如舟式,名曰船厅,觞咏其中,如天上坐。厅前一亭,矗立湖滨,额书"江天一览",登亭而望,北之小孤,南之匡庐,宛列目前,所谓听钟声处,即此是也。佛殿之右为昭忠祠,曾文正奏建,以妥楚军之阵亡者。列两楹,分专祀袝祀,前设剧台,每岁秋间,倩梨园子弟,登台奏伎,以答忠魂。楹联殆遍,皆一时名手笔。门外北趋而下,有上谕亭,即敕建斯祠之御碑,曾文正所敬书也。由祠右下行,为浣香别墅,悬"听涛眺雨"之轩额。对面即芸芍斋,雨廊多古今石刻,中栽海棠芍药石榴多种,春时奇葩怒发,绿阴蔽天,不见红日,燕语莺歌,如笙簧聒耳,一入香国,颇豁胸臆。轩后有石如笋,扣之作金石声,过客必敲而试之。芸芍斋后,构且间亭,亭畔乱石绕池,石梁驾之,前一小窦,题曰"罅天"。穿隙而入,曲径通幽,抵梅邬,有刚

直梅花石刻,额镌"掬月"二字,傍有小石池,可蓄鳞介,桥仄如线,度而上,即锁江亭焉,锁江者,寓控键江防之意。邪趋数步,忽奇石迎面,有二石门,如衙署之东西辕,一书"别有天",一书"小罗浮",各三字。进石门为六十本梅花寄舫,四围皆梅,老干疏枝,矫然挺秀,刚直巡阅时,即驻节于此也。迤南而下,为绿阴深处,蕉桐杂植,间以松筠,凉意沁人,最宜消夏。迎薰馆在其右,清风徐来,鸟声啁啾,令人忘醉。再过面壁轩,静坐片刻,俗虑胥蠲,前列单房,行脚远僧,时或驻锡,穿而出,即绀园门首也。飞捷楼,在六十本梅花寄舫之东,因落成时,闻克复金陵捷信,故以为名。巍然耸峙,高插云表,楼右十数武,即归去亭,刚直功成思退,颜以见志者也。亭前横石,活水淙淙,又有野花翠竹,交映其间,凭栏小息,望白云亲舍,辄怦怦心动。自叹劳人,兹山胜景,百游不倦,惟上钟山,则木落荒凉,不及下钟多多,故游屐稍稀耳。

弟虽囊橐空虚,而日结山水良缘,饱领清趣,差足自豪。前月下浣,弟买舟赴吴城,过大孤山,距湖邑二十里,突兀中流,天生砥砫,与小孤遥遥相对,形如女舄,故又名鞋山。俗传太乙真人,窃得小姑绣鞋,追逐掷于湖中,而成此山,无稽之谈,姑妄听之。吴城一大市镇,商贾云集,颇称繁盛。而四面皆水,东隅有望湖亭,壮丽宏厂,昔名望夫,即友谅妻观战处也,彭刚直葺而新之,特易今名云。亭旁曲苑回栏,假山叠起,白石砌路,细草如茵,备极雅洁。四壁多题句,登亭一望,看鄱湖三百里水天一色,风帆上下,颇可骋怀。惜刚直薨后,院宇半圮,花木多萎瘁,不逮石钟之胜,为可叹耳。弟小住五天,复东下之浔阳,一叶扁舟,波涛为伍,嫁务纷忙,近状不足告也。廿四日,接十八日手书,并佳作,得悉一切,彼此情怀,益伤同病,悠悠二字,似不如迢迢二字之妥。恃知我久,故敢易之,兄诗意又进一层,佩甚,佩甚。棣华兄与予颇契好,不意别未一年,竟有幽明之隔,人生朝露,思之怃然。

附注:味耕,名镃,本歙县人,性聪颖,读书三年,出而习典业。暇则攻书不辍,久之竟能作诗,词句颇清丽不俗,洵异才也。在同春典共事两年,甚相契。

合予客中交友自味耕始。

覆徐存诚孝廉
二月二十七日

别后时深驰系，顷接手书，悉起居多吉为慰。龙洋三元，业收到矣，些微之款，何亟亟乃尔。敝典各事，仍无端绪，弟又乏才，益形劳拙。宝泉两次来湖，因事已寝，未烦借箸，渠今失馆，计无复之。弟颇关怀，而力薄不能推毂，奈何！朝政一变，或有转机，阁下奋发，正在斯时，惟乡间老秀才，则未免局局耳。弟饥驱出门，为人作嫁，下驷之乘，不堪鞭策，闻阁下应高等学堂之聘，脩金不薄，慰甚。弟拟午节后，一整归鞭，便道皖城，再图把晤。手此，即请文安。

附注：存诚，名经纶，一字铁华，徐村人。光绪癸卯科举人，文词汪洋浩瀚，有倒倾巫峡之势，尤善骈文，诗赋词曲自成一家。余寿平太史称为"江南名士"，惜未四十而卒，葬皖垣大观亭侧。余太史题"石埭诗人徐铁华之墓"，有诗集刊行。

附来函

二月十七日

别月余矣，旅祉想甚佳，贵典中诸务，当必料理就绪。此间月初，已燠热似夏，顷数日连得雨，天气仍和平矣。十四日抚宪甄别，我乡如杨藩卿等均未到。迩来风气一变，读书人，实无大生色，阁下儒而兼贾，谋生之道，固较弟辈多多矣。宝兄此时，想在贵典，渠本领颇好，惜不逢时耳，得阁下吹嘘，当增色矣。兹寄上龙洋三元，以弥旧岁之欠，望察收。并附一纸与宝泉，手泐即请财安不宣。

覆谷宝泉

三月初八日

两次驾临,共览钟山之胜,可谓良会。别后郁郁,如有所失,正驰念间,接廿一日手书,备悉尊况,仲陶之请,可就则就,往金陵图得机会,较胜在汇万万矣。居停已有函去,仍无回音,大凡谋事在人,成事在天,如有消息,当即告闻。朔日晚间雨雹如卵,大风拔木,未知汇镇何似,挈眷住乡一层,似可不必,奢俭在人不在地,请熟思之。存兄之事成否?未闻其详,然渠不患无机会也,此请文安。

附来函

二月二十一日

　　十八日未刻上轮，戌初抵岸，次早即返汇，家岳母适先一日回去，共耽搁十余日，又花去若干，命如漏卮，信然。章百川调补金陵协戎，尚无的耗，质珉不日便来，意欲同去，别图机会，尊札去后，如有消息，请致信永丰可也。此处米价，每元二斗五升，菜子小麦都好。鄙意将内子带乡下住，一切可以省俭，然犹拟而未定也。仲陶虽欲延我，渠实不自振，决辞不就。中西大学堂皆余寿平经理，各司事薪水太重，望江诸生，有禀请调动云云，存兄未知何似，手此即候文安。

又

二月廿五日

　　钟山胜概,尽揽入怀,俗尘消却几许,此行诚不负矣。惟是吾兄下陈君之榻,设谢公之屐,极力安排,费神不少。又于送别时,多遣孔方兄为之伴侣,使弟有融融之乐,无踽踽之忧。较之鲍叔牙之于管敬仲,孔北海之于刘豫州,有过之无不及者,感何可言。到皖,询悉贵居停已作出山之云,不日当飞到双钟顶上矣。峰峦变幻,听其自然。至杜君实庵先生者,刻因族中例祭,系其值年,遵守典忘祖之戒,未获遽离。贵典事,恐难越俎而代,第其行期至早,亦当在桃花逐浪时也。他如黄君皖臣,亦以作贾东下,铜琶铁板,只自弹其心头之曲,一时应难返棹西江,商量旧事也。诸关绮注,用走笔及之。弟明日返汇,过去春光,如是如是,亦不别去为花忙矣。后有风便,再传芳讯,手此即候筹祺。

又

三月初二日

　　弥月之间，一再晤教，双钟五老，暇即登临，娱目固已。而月夕花晨，又得写两人心曲，春华无负，此乐何可胜纪。然弟于阁下所契，尤有进焉，盖处贫守约，久不堪人世讥评，贫贱驱人，英雄短气，又况鸾胶方续，兔窟无依，牛衣之泣，其能免乎？乃心绪不佳，手书顿至。丁某构衅，一似为两人相叙设也。弟虽应命而去，究亦藉叙阔疏，敢谓涓埃之助，可补高深乎？执意贵居停，推屋及乌，不课功而课赏，廿金之赐，真有所谓心得所好，口常欲笑者。夫岂科名心胜亦假兹鹤俸，养我鸡廉耳。然而枯鱼处涸，固沾余沥以旋苏，野鸟投林，更借单枝而益稳。阁下吹嘘之函，殊深翘盼，第谋事在人，成事在天，饮啄悉前定也。刻下金陵尚无的耗，而弟去亦未果，不日质珉由此前往待缺，再与熟商，不识能否为之推毂也。尊处一切可渐次为理，祈耐心处之为要。丁某之案，若何了结，问问台斾如在月杪言旋，则池阳之役，尚可结队登场，背城借一。缘学使现由六安和州以至安庆，举行岁试，然后渡江南来，计日当在麦秋时也。惟是江云望远，梁月思深，此情匪可笔罄，尚祈复惠好音，以当面晤。手此即请旅安不既。

又

十一月十四日

九月十八日还札留汇，逾月乃到，展诵之下，相思慰矣。旋邀奖励，胡相赏于风尘外也。第弟山居岑寂，计无复之，惟手录仲圣三百九十七法，一百一十三方，简练以为揣摩，久即恃此活人，以自活，何也？富家子弟，废书可以谋生，有疾莫不畏死，与其操求人之术，自为其难，何若求在己之长，以图其易。但庸医名医，造就在我，毁誉听之他人，如此而已。来书谓每忆弟近状，辄复忻羡，得毋不甘求人之意，所积而发，至秋后为病所苦，草木不遽效灵。度亦旋里之后，公私羁绊，心绪不佳之故。日来占勿药否，总之能退一步想，即是高人一着，君其勉之。弟犹托业于医，而糊口于四方者，有宿负、有眷累耳。不然，终日下帘，得百钱即可自奉守，钱虏于我何加焉？年来命不绝如缕者，咸赖知己之助，垂爱如阁下，亦极所感佩。去腊续弦币聘，原系集腋成裘，春间蒙借之英洋四元，已允助会。俟出月中旬，议定会友名次，再呈券以便照给。在莱芜添薪落叶，惟兹槐荫之是瞻，知季布一诺千金，定卜瓜期之无爽，如蒙赐覆，即由汇镇永丰天泰等店转递可也。书不尽言，诸维原鉴，肃此敬请，筹安即希，鉴照不宣。

致族华存茂才

九月廿二日①

　　重阳后三日接七月既望手书,别后颇切怀想。仆养疴省垣将近一月,他乡卧病,凄恻奚如。闻榜发,吾邑列正榜者四,中副车者一,足下又复铩羽,傥所谓文章憎命者非耶,然有才如足下,何患不腾达,子姑待之。仆十余年来,自知福薄,功名久已心灰,惟谋生之术,则不能不为之亟亟。亚圣箪瓢陋巷,不改其乐,当日必无索逋之人,故处之晏然。若债累如山,催租吏日嘈于耳,必将舍陋巷之不居,而寻高台之是避,乐于何有?仆夙负未清,因思改辙,所恨者,二十年前,悔不该读几句诗云子曰,不事生计。且又为讼所累,家室萧条,噬脐何及。近来日阅轩歧家书,非敢望行其道,蒲柳弱质,卫生已耳。足下闱中诸作,望录寄以慰猎怀,舍间更望照拂,为感。秋风多厉,强饭为佳,临款神驰左右。

---

① 苏荫椿:《信稿便登》作:"致族华存 九月廿二寓皖城同春典"。

致族华存

癸卯二月十九日^①

连日阴雨，春色常关，抚此韶光，殊恼人意。仆抵里后，本拟趋谈，奈半为俗事所缠，半为天公所阻，近在咫尺，渺若天河，惆怅奚似。日昨族众备席观政堂，商议修垩等事，其漆工木工，均成约。仆适在场，见满堂楹联，悉出大作，琳琅四壁，音韵铿锵，可云媲美前人矣。然仆更有一言，不得不为足下告者，缘我苏氏，系出眉山，凡三苏经济文章及南迁后人才事迹，皆可运用。足下将周之秦公、汉之武公，点缀合撰，似未免泛而不切。仆昔阅槐卿政迹，有鄱阳陈姓修谱涉讼一案，主稿者矜奇好异，将历代史册所载如陈亢、陈臻、陈仲子等尽皆搜入。沈公谓既欲祖陈亢等为嫡派，夸耀他氏，何于友谅霸先而遗弃不录乎，沈公妙语解人，为之失笑。今足下夸耀我苏氏历代人物，诚恐有沈公其人者，必谓晋之苏峻，何不为之铺张扬厉耶。且此种通套颂扬，我祠可悬，即天下苏氏之祠，亦无不可悬，殊无味也。揽鄪见尽可用眉山及南迁后事实撰成，便为出色，本地风光，确切不易，不愈于旁搜博览乎，质之高明，以为然否？仆于学问一道，久未师程，近又东奔西突，更乏就正，幸足下直谅，时得观摩，故敢以一得上贡，用志切磋之雅。春寒愈九，诸维珍摄不宣。

---

① 苏荫椿：《信稿便登》作："信稿便登，癸卯客湖口。致族华臣　二月十九日在里　华臣设帐孙家"。

覆杜新甫慰丧妻并妾

五月廿一日

久违芝范,未惠好音,顷接兰笺,悉是凄语。记得杏花时节,闻兴潘岳之吟,何期谷雨芳辰,又悼朝云之逝,匪特当局者,其何以堪,即在远闻者,亦为之伤感也。当此琴弦新断,又殒小星,伤鸾凤之台空,怅鸳鸯之帐冷,人孰无情,谁能遣此。然而明月难圆,好花易落,因缘原为前定,修短非可强求,伏维仁丈付之达观,举以自解,惟加餐而自爱,勿过戚以伤怀。特修手柬,恭慰心安,诸希雅鉴不宣。

附注:新甫,名树柏,太平苦竹桥人,居停文卿之姊丈也。性慈善,与人交诚实不欺,一时有长者之称。任同春典经理,予同事两年,颇蒙器重,尝谓得予臂助,因订忘年交焉。

致族华存
九月十三日

重阳后三日,始接七月既望手书,并赐和述怀八章,读之一往情深,足征契爱。仆客况如旧,乏善可陈,足下慈帏弃养,读礼之余,节哀为要,承示会事一节,不胜嗟叹。天下事,仰而跂之则难,俯而就之则易,比比皆然。忆仆失怙时,内忧孔亟,母也衰迈,弟也孱弱,富以其邻,无有从而吊之者。呜乎!人情冷暖,我乡为尤甚焉。来示云云,足征同病,会如能成,仆言不易。顷接家母来谕索钱甚亟,仆外间薪水不丰,又兼旧今家运欠顺,廉泉已涸,其奈之何!明岁岁试,当在何时,示知为盼,盖考债不能不偿也。书不尽言,凭楮依依。

致陈镇寰仁丈

甲辰五月

　　阔别一年,时深驰系,比维道履绥和,潭祺庥罳,为慰以颂。椿书生命蹇,遭际多艰,不得已改弦易辙,藉谋生计,作客浔阳,于兹三载,读"江州司马青衫湿"之句,不禁今昔同感。犹幸石钟胜景,距寓匪遥,暇一登临,颇豁胸臆。山不甚高,耸临江渚,空中多窍,水石相撞,辄作钟声。山下故有兰若,如泗王庙、地藏庵,皆金璧辉煌,香火甚盛。蹑级而登,陟半山亭,转入绀园,则报慈禅林在焉,即彭刚直建以为母祝釐处也。甫入禅关,闻钟磬声,释子合十诵佛号,则孝思油然而生。禅右即昭忠祠,曾文正奏建以奠楚军之死王事者,瞻拜忠魂,肃然起敬。祠右下趋数级,到听涛眺雨之轩,面芸苟斋而坐,阶下梧桐,高与檐齐,间以石榴海棠各种,春风一至,群羽争鸣。稍憩片刻,老僧汲新泉,煮香茗以进,与话当年彭杨战绩,辄兴酣耳热,如身在行阵间也。久之,夕阳在山,将咏而归,僧笑谓曰:"桃源在即,盍往观乎?"于是启双扉,导入且间亭,渡小桥,穿石窦而出,则别有天地,此身非复尘世矣。细草如茵,野花欲笑,历锁江归去掬月等亭,就石建筑,别出心裁,中有一厅,题曰"六十本梅花寄舫",四围皆梅,老干参天,如入罗浮世界,刚直巡阅时,即驻此以消夏者。飞捷楼,高可百尺,落成时,适金陵捷报至,名之,志庆也。开窗远眺,城郭庐舍,历历在目。迤南有小精舍二,一绿阴深处,一迎薰馆,蕉桐蔽曦,浓阴欲滴,他如钟进士楼、坡仙楼、更上一层楼,皆在报慈禅林之前,回廊曲折,洁泽可爱。再西转,度方丈客堂,而到江天一览亭,小孤匡庐,宛列目前,湖光如镜,估帆上下,殊有秋水长天之概,东坡谓大声发乎水上,噌吰若钟鼓,即此处也。一时迁客骚人,游屐到此,辄流连不忍去,题墨刊石,以志泥爪,僧徒每拓摹以售。

　　椿当暇日,与二三知己,联袂以游,畅谈今古,虽清风两袖,行李半肩,而山水良缘,颇不辜负,亦可遣旅怀岑寂也,走笔告闻,可作卧游,仁丈养道山中,自饶清趣,盖山风景亦颇不俗。当此赤日炎炎,持钓竿,携斗酒,坐化鲤溪边,观鱼为乐,长歌短唱,不复知有理乱事,其今之怀葛氏欤,劳人遐企,心与神驰。舍间连年二竖肆虐,屡蒙仁丈诊治而全活之,感何可言！兹寄上凌云堂仿古京装水笔二十枝,聊备仁丈著书之用,哂存为幸,凭楮无任依依。

致吴味耕

接遐斋兄来函，悉贵恙屡发不止，较前困顿，闻之念甚。弟细思阁下病状，确属阴亏，孤阳上越之证。忆昔共事时，每见病发，必以西洋参、麦冬代茶，久之觉一缕热气，由胸膈直趋丹田，而诸症豁然。夫洋参、麦冬皆凉品也，阁下服之相宜，以此知为阳不潜藏，牵动肝火，以克肺金，当无疑义。前闻阁下惑于医言，服鹿茸、鹿筋等物，嘻，子过矣，是抱薪而救火矣！盖鹿性纯热，阳气虚乏者服之，颇建奇功，施之阴亏之人，不助桀为虐乎？今医昧阳有余，阴常不足之旨，一遇久病，即谓体虚，专事峻补，参茸杂投，病家亦以贵重之物能补益，而不知其贻害无穷也。

夫肾为水脏，先天之根，一点真阳，即藏于内，观夫坎离爻象，便知水中有火，火中有水。水本润下，而使之上输，火本炎上，而使之下行，则水火既济，病于何有。惟阴亏者水必涸，水涸则阳不能守，飞越上腾，如无妻之人，安能不为荡子。龙火上升，雷火应之，五脏惟肝木无情，有水灌溉，则枝叶荣茂，自然风静火息，失养则枯槁自焚，况有龙火以牵引之乎。胆丽于肝，相火寄焉，肝病则胆无有不病。肺为娇脏，一受火烁，有失清肃之令，不能通调水道，水阻而气亦阻矣，以故喘促痰鸣，不得卧枕。医者不明阴阳之道，谓肺寒痰喘者，投以半夏陈皮之品，谓肾虚泛痰者，投以参桂之方，要皆隔靴搔痒，非徒无益，而又害之。试问此等之药，阁下亦服不少，迄无一验者何耶？总之，贵恙为冲逆之证，经曰："诸逆冲上，皆属于火"，鄙意宜以滋肾养肝为治，而分标本为用。如再发时，可用四磨饮，先降其逆，急则治标之法，愈后可常服滋肾丸，缓则治本也。弟于此道，莫测高深，只以数年知己，不无痛痒相关，敢贡一得之愚，伏祈酌夺，手此即请痊安。

代吴味耕贺汪冕卿续弦

正月十六喜期 乙巳年

敬肃者,黍谷春回,喜长宜男之草,兰阶日暖,祥开如意之花。既当首祚以延禧,允符下怀而祝庆,所喜宝炬腾辉,照彻鹊桥重渡,银花齐放,忻看鸾镜旋圆。恭维冕卿仁台大人,修雍阶迎雁之仪,协嬿婉乘龙之吉。灿双星于朱阁,辰值三五良宵,备四德于璇闺,诗咏百年偕老,鸿案齐眉,雀怀泥首,味金线劳形,玉华虚度,愧典计之萦心,难持筹之适意。忆昔程门立雪,曾蒙挥尘以薰陶,值兹妆阁迎祥,未获趋庭而拜贺,特展云笺,聊伸鄙意,敢修霭语,用祝佳期。此日雀屏重选,欣歌宜室之篇,他年熊梦频占,再叩弄璋之庆。

附注:冕卿名钺,歙县湖北孔陇镇同茂典经理,后任芜湖同福典经理。喜文翰,工书法,善作擘窠大字,尤长于魏碑,亦商界中之佼佼者,味耕为其门下士。

覆谷宝泉
七月二十日

三月初九日，在里接正月望日手书，悉今年就垦务事，为慰。维时适学使按临，弟始意往郡一游，继思久不作冯妇，见猎心喜，殊属无味，遂不果于行。因裁尺素，丏敝族应试者投递，乃缄甫成，而族人已就途矣，为怅怅久之。嗣后屡觅鳞鸿，一申契阔，又因贵务倥偬，一片祥云，行无定所，前函遂留而未发，言念故人，相思起天末也。弟于前月二十日，由里至皖，小住经旬，始达湖口，到典后，心如枯木死灰，郁状可想。日昨接望日手翰，悉近就大学堂征收洲课事，快甚，快甚，薪水虽不丰，而较之作教上大人先生，毋亦稍胜一筹，耐心处之，蔗境当弥长也。至论医一节，前后两函，洋洋洒洒，读之乐而忘倦，顾修园①书，有万不可学者，谨再为阁下陈之。

修园以孝廉作宰官，更肆力于医，自负探灵素之蕴，入仲圣之室，高谈阔论，目空千古，如景岳《新方八阵》，取而砭之，岂非好作聪明之一证乎？景岳立论虽创奇，而间出一方之妙，亦有令人不可思议者。修园恶其喜用滋润，遂抹煞一切，强词夺理，未免过分。而《伤寒浅注》《金匮浅注》《灵素浅注》等为修园穷年研究之作，平生心血精力全在乎此，其诠释经文，每多发昔人所未发，至随文误解，穿凿附会之处，亦复不少。近时唐宗海②驳而辨之，有《伤寒浅注补正》《金匮浅注补正》二书，实修园之直友也，阁下曾一入目否？夫医道本难，而修园以实在易名之，伤寒有六经，而修园串解之。医必宗古圣为法，而修园以从众称之，矜奇好异，言大而夸。观其所著《三字经》《时方妙用》等书，无非以伤寒之诸方，治人生之杂病，吁，修园过矣！

夫天以五运六气，化生万物，不能无过不及之差，于是有六淫之邪，七情之感，病非一端，变岂万状？修园昧此，专以治伤寒之法，治内伤之症，固执如是，彼犹诩诩自谓宗仲圣为准绳，可以压倒一切，而不知修园一生病痛，正在尊圣太过，反为欺圣耳。盖张长沙悲宗族之死于伤寒者，十居其七，故勤

---

① 修园，名陈念祖（1753—1823），字修园，福建长乐人，有《南雅堂医书全集》传世。
② 蜀人。

求古训,博采众方,撰为《伤寒杂病论》合十六卷,其自序如此,可见当日著《伤寒论》,原为伤寒而设。若谓治伤寒者此方,治杂病者亦此方,则仲圣何又另著《杂病论》乎?如谓《伤寒杂病论》本为一书,然则合十六卷之合字,仲圣果何指乎?只因《杂病论》亡于兵火,所存者惟《伤寒论》一书,后人不观原序,遂疑伤寒杂病同一治法。自宋而来,注伤寒者,不下数百家,聚讼纷纭,非独修园一人为然也。近日海内士大夫,稍有志于医者,无不喜读修园书,其故何欤?盖修园本一孝廉,文词酣畅,理明辞达,易于记诵,故趋之若鹜,鲜不为其所迷。而究之于天人之蕴,阴阳之原,毫未梦见,不过故持高论,以欺末学耳。弟始读其书,心目中仅知修园一人,后渐览他集,方悔昔日眼界太浅,急舍弃之,颇觉稍有进境。因来书有性之所近于修园者,决不能舍云云,故反复详陈,谅不以轻毁贤者责我也。《灵胎书》甚妙,此公本领,百倍修园。即如虚劳一症,修园以仲圣劳者温之一语,谓舍小建中汤,无第二法。吾乡有某医,崇拜修园者,颇负时望,吾妻妹病劳嗽,延某诊之,书一小建中汤,嘱服八十剂。初服饭量顿开,病人大喜,至三十剂,则反加咯血,面赤口渴,日轻夜重,未终剂而逝。又吾弟患遗精,将现劳象,某亦以此方,嘱服六十帖,并谓弟曰:"子知医者,虚劳症,舍小建中无第二方,正是劳者温之之意,请勿疑虑。"乃未半而病益剧,遂延沙田黄医,以三才封髓丹而愈。后阅《灵胎小建中汤》注云:"仲景之所谓虚劳者,乃虚寒之症,故其脉浮大芤迟,方中用饴糖,乃因腹痛而设。今日之所谓虚劳,乃阳极而浮火上炎,脉皆细数,与小建中汤正相反,乃亦以此为治,所谓耳食之学也。"予曾目睹阴虚火升之人,与建中汤而变喉痹血冒者,不下数人云云。徐氏辨症之精,修园不及多矣。

总之医道不易言,多闻而识之,尤贵有恒以处之,有定识,尤贵有定衡,方不为群言所淆,其术可望于成。阁下天资之敏,迥异恒流,遁而习医,不难与古人后先辉映,故针砭到处,立奏肤功,然法上得中,法中得下,揆之于医,何独不然。更望阁下博览群书,择善而从,勿师一修园,便可毕乃事也。兹开上紧要医书数种,以俾选择。再伤寒与温病,为两大门径,近医不知何者为伤寒,何者为温病。一遇恶寒发热,辄指为伤寒,以麻黄桂枝投之,无不下咽立毙,委之于命,岂不悲哉。更望购《吴王二温合刻》一书,其辨症之处,了如指掌,是书亦行道者,万不可少。忝在爱末,敢贡狂言,原宥为幸。夫吾辈文章憎命,涉世多艰,有限之光阴,半消磨于妻子衣食之中,于是思改一辙,藉三指以自济。呜乎,其道甚微,其志亦可悲矣!然默观古今,权奸秉国,竞逐荣势,朘削民膏,卒之民不聊生,国祚以亡,反不若医之为业,犹可拯斯民之疾厄,使得终其天年,孰谓良医不甚于良相乎!弟资秉精力,不及阁下十分之一,己饥己溺之怀,我躬不逮,是在望于夙昔相契之良友焉。书来触我怀绪,信笔疾书,不计工拙,诸维心鉴,并附三月一函,上尘青睐。

附来函
正月十五日

春光老我，又是一年，昔尹文端有句云："行来四十犹如此，再过百年也可知"，三复斯言，不胜毛悚耳。前辱赐书，承英饼一枚，云为小儿祈福，何其爱之至于极也。回忆数年前，分西江之水，以苏涸鲋者屡矣，感激岂有涯欤？至论医独推《灵胎》，而以偏字评修园，并教以治病之道，必先分阴阳，而后知六淫七情之本原，未可为胶柱鼓瑟，旨哉言乎，岂惟切中时病，亦即弟之药石也。虽然，伊古以来，得道之大全者，孔子一人而已，若柴参师由，皆各得其一偏。修园之于医，亦犹诸贤之于道耳，学医者，不折衷一家，徒羚淹博，吾恐名为求全，而且一偏之不可得。鄙意从修园入手，尚不出仲景范围，果能于其所注《伤寒》《金匮》等书，熟读深思，别开颖悟，久而久之，于不执成见中，确有定见，斯头头是道矣。无如弟虽步武修园，而区区此心，衣食累之，酬应又累之，既或作而或辍，亦旋得而旋失，不惟未窥堂奥，抑亦门径之未熟也，他何论哉？来书谓弟有天分，而无书卷，天分殊可笑，无书卷，固是深忧。第《灵胎书》，屡购未得，《二温合刻》一书，则未知其名，行将购而读之，以副阁下循循善诱之意。然自此以往，日暮途远，进境几何，一切均有鞭长莫及之恨，不独于医为然也。惟是一息尚存，此志不容稍懈，成败利钝，非所逆睹耳。曩者为文之戏，即跛不忘履，盲不忘视之意。存兄评云："笔气蓬勃，至为可喜"，第欠劲链，稿则犹未遭还也。弟今年可就黄溢垦务中事，月薪约五六元，亦存兄所荐。渠不久有天津之游，巨鱼纵壑，前程何可限量。质珉去腊，由此归里，聚首两昼夜，宦情颇晓畅，抱负之展，可计日而待，均堪为吾邑光。弟大儿改就郡中贸易，以去我近，可加约束。二儿能言矣，去岁种花颇险，幸见机用药，未成坏症，现已活泼泼地，知注故及之，令弟近恭顺否？令嗣读书何如？老伯母想尚康强，阁下返斾后，出山之时，如由黄溢渡江，务乞枉顾[①]，以慰渴思。楮短不尽缕缕，即请道安，并扣新禧不一。

---

①局设宗三庙。

又

七月望日

春初由邮局寄去覆缄,度在大驾还山之后,故未获教,以致不久闻起居何似也。昨有事届汇,晤陈王老谈悉大略,远怀用慰。弟今岁得大学堂征收洲课事①,每月止本洋五元,而僻处荒洲,寂寥万状,兼之银洋算法,在在不精,时防舛谬,窘状可想。但以一介寒儒,慨然委以数千金之任,彼爱我者,不可谓非知我也,故耐心处之,以图后效。阁下主宾相得,如彼其久,令人翘羡,承教医学大致,切理餍心,钦佩何极。但性之所近于修园书,仍不能决舍,徐氏十三种,已购而读之矣,心领神会,庶可相辅而行。近日医案中,亦有千虑一得,良晤何时,再图畅叙。伊人秋水,溯洄深之,阁下想复尔尔,即候旅安,诸维原悉。

---

① 始拟就贵池垦务,前书故有约过黄湓相见之语。

致吴味耕

八月二十六日

二十一日接手书,并附来宅报一件,为感之至。顷者兄将荣旋矣,三年游子,欲整归鞭,千里故人,未能送别,听骊歌兮情何似,寄鱼笺兮神与驰。所幸秋月增辉,常照两人之契合,征鸿不断,可达异地之遥情。此后兄居珂里,弟客钟山,倘能以诗代简,亦足以慰相思也。兹奉上玉锁片一事,洋波罗一瓶,不腆之物,笑纳为幸。并将令弟所支之龙洋六十元,及云耳三斤,寿幛一轴,均由老徐带上,至请验收。手此敬候程安,希鉴不备。

致宣城县何润生大令

十月十七日

　　大公祖大人钧鉴敬禀者,窃自癸卯正初,在拓矶洋棚,拜睹尊颜之后,别来忽三年矣。只缘分阻云泥,未敢率陈芜词,上渎清听,而私衷孺慕,莫释于怀。每遇自皖南来者,述及福星所至,惠及苍生,宛陵之口碑既遍,魏阙之心简特隆引领乔云,曷胜抃颂。今夏水阳敝联典被盗一案,蒙公祖认真缉获,除暴安良,有惠闾阎不浅,开赔一节,尤为煞费苦心,恤商之中,复寓爱民之意,逖听德音,莫名钦感。兹者湖邑商县尊,闻知贵治有旱塘二稻籽,欲购买若干,以备发乡播种,用防荒年。适敝典有事至芜,因将移文护照二件,交由敝典专人赍呈验核。第敝更夫在外,未便久延,敢乞公祖即日派人下乡往购,以便领回呈缴为荷,其稻价若干,即由敝更夫给付可也。椿寄迹西江,毫无淑况,幸钟山在望,暇辄登临,山色湖光,别饶清趣,堪纾廑系耳。肃此敬请勋安,诸希朗鉴不庄。

附覆函

　　萱臣尊兄大人，阁下拓矶话别，裘篝载更，落月停云，时劳梦毂，只以簿书钱谷，未获修候起居，抱歉奚似。日前专价至署，递来公件，一一照收，并奉上月十七日惠函，盥露开椷，备承藻饰，令我汗颜，就审履祺戬吉，凡百胜常，慰如所颂。贵处商君，关心吏治，为国理财，可敬可佩，委购旱塘稻籽二种，当即遵示照办。惟旱稻种籽，乡间缺少，缘敝治山田无多，旱稻本属有限，即有种籽，亦须留备来年之用。故只办塘稻种籽一石，交贵价装上，该价银两亦已如数收讫，附具收条一纸，希即核销为荷。阁下负兼人之才智，扩高士之胸襟，值此残菊傲霜，早梅迎雪，想庾楼陶宅之间，定增一番清兴矣，羡甚羡甚。临风寄意，不尽所思，专此奉覆，敬请台安，诸维雅照不宣。

致族竹如茂才

丙午正月初四日

　　去年判袂，正属炎天，此日裁笺，又逢新岁，因鱼鹿之多劳，致鳞鸿之缺候，遥念故人，定蒙知我。仆寄迹钟山，心怀梓里，一枝鹪借，七度驹光，历三千之客路，常魂梦以相思。近四十之年华，奈居诸其易逝，韩愈文工，穷难送鬼，仲宣才富，恨总依人，在昔已皆如此，于我何独不然。仆也涉世多艰，遭家不造，廉泉一勺，难苏涸辙之鱼，大树千枝，不庇惊弓之鸟。前去后空，入不敷出，顾此失彼，偶得旋无，有待医之疮，无可剜之肉，此则忧心殷殷，徒呼负负者也。况乎堂上慈亲，垂暮之桑榆已近，闺中弱息，历年之参术频投，怀牛眠兮未卜，溯鲤训兮难忘，已过之境，何多逆也。未来之事，更且繁焉，兴言及此，顿教客思如麻，何以为怀。漫说春光似锦，所幸金兰之契，常传药石之言，庶晚节不贻羞，迷津有引觉耳。足下青年立学，既多富而多才，绛帐传经，复善述而善继，植满门桃李，绿叶成阴，探别院梅花，朱颜增色，缅文人之逸兴，添孤客之幽思。至于家事纷繁，费神照拂，济贫有子敬之风，排难拜仲连之德，甚感于心，难宣诸口。他如国步艰难，民生凋敝，列邦强伺，卧榻已睡他人，寰海蒙羞，成城全须众志，当危急存亡之秋，正卧薪尝胆之候。群言改旧，百度维新，停科举以开贤路，设学堂以值人才。铁路通而利权可挽，报馆立而民智斯开。政有百端，事非一举，圣天子宵旰勤求，思臻强富，小臣工精神振作，当报君亲。祖逖鞭，班超笔，惟足下其勉之，贾生策，董子书，非鄙人所能也。此日江南春早，遥叩鸿禧，他时渭北情深，乞颁羽翰。

覆汪冕卿
四月望日

去年判袂，正属严冬，此日传书，又逢首夏。抚流光其若驶，怀良友而神驰。乃草草劳人，来修尺鳞之简，而谦谦君子，远颁五色之笺。具见阁下巨才如海，高谊干云，故略分而忘情，弥汗颜而抱歉。

弟迹寄西江，年华虚度，心怀南浦，客思方深，旅馆萧条，独惊心于风雨。琴书零落，徒搔首于云天，无一事可告故人，只寸心堪酬知已。每念阁下鸠江驻节，屋事勤劳，仗一已之经营，使百工而用命，此固精神龙马，先著奇猷，尤为劣质驽骀，益增感慕者也。

敝处生意，已成强弩之末，兼乏持筹之方，每天当有八九百号，出本六七百千，较之旧年，稍有佳境。而居停因钱价过疲，嘱生意收紧，不愿长生库中，丰亨有象，争奈清闲市上，典质偏多，欲从权而不能，欲守经而不可，未审爱我者，将何以教我也。学生胡继夏，附令侄之伴，业于初间抵典，此子病已全瘳，鄙人心殊可喜。第弟既无才德，又乏师型，恐负雅嘱之殷殷，难释下怀之耿耿。然他山片石，可为良玉之资，沧海顽沙，不掩明珠之体，惟有当尽我心，以慰君意可耳。肃覆即请箸安，希照不宣。

复杜遐斋

冬月十一日

读手书,多牢骚语,怅怅。弟静验天时,默观人事,恍然有悟于心,而知得失穷通之故,莫不有命存乎其间,万不能强而致之。夫人之耳目口体同形也,而贵贱殊焉,树之枝叶花蕊共种也,而荣枯异焉。在造物初无成心,厚于此而薄于彼,此无他,亦有幸有不幸耳。

弟遭家不造,涉世多艰,六七年来,依人压线,如鱼在陆地,亟欲得勺水以自需。而有限廉泉,尽耗于薪米油盐之中,命如漏卮,夫复何尤。往者当秋月在天,万籁俱寂之际,一念生平,辄咄咄书空,惯作愤状。近来阅历较深,知天下事,不如意者常居八九,作退步想,便海阔天空,自有鸢飞鱼跃之乐。间或意绪欠佳,即与二三知己,花间小酌,一觅醉魂,亦足消此块垒,徒戚戚何为也。

阁下境遇胜弟万万,花萼联辉,尤征瑞事,又何抑郁之有?至于钱文为白水,来难去易,此为命蹇者而言。若阁下福泽孔长,异日源源而来,十千百万,未可限量。慎勿以些微损失,有介于怀。忝在知己,敢布区区,南旋之日,当绕道尊处,以图把晤,临款无任依依。

附注:遐斋,名谦泰,太平卓村人,在同春典与予同事两年。

致吴醉樵明经前辈

十一月二十七日

　　自客腊皖城晤教,足慰渴怀,而弹指年华,又将岁暮。遥瞻道范,时切神驰。前奉手书,本拟裁答,适公私鱼鹿,致稽时日,歉甚歉甚。蒙赐和章,真乃天外徽音,从空而下。虽徐庾词华,欧苏风调,不是过也。盥诵之余,五中感佩。第宠誉过深,愈增惶愧,殆昌黎所谓诱而使之至于道者耶。

　　椿西江寄迹,瞬经五年,客里光阴,催人易老。读"此事不知何日了,著书翻恨古人多"二句,辄怦怦于心。客中无多知己,时切风雨鸡鸣之思,幸钟山胜景,近在目前,暇可登临,一纾胸臆。惜我肠枯,有好题目,不能作文章,致使山灵笑拙,有愧我家髯公耳。若夫子游览于斯,日夕觞咏,以椽大之笔,得江山之助,想奚囊中,不知添几许佳句矣。敝典事繁,十二时中,纷纷扰扰,劳状无似,间或浏览岐黄家言,而质劣善忘,毫无进步,奈何奈何。略陈近况,以慰锦怀。兹附述怀四章,伏祈郢削,为荷。肃此恭叩钧安。

　　附注:醉樵,名梓楠,岁贡生,宿松人。经学甚深,文词丽藻,每过一物一事必形于诗,以故著作等身,成一家言。光绪庚子居停聘为教读,居皖两年承订忘年交焉。

致王芝卿、吴味耕、杜遐斋、杜瓒如四同政
丁未元旦

　　敬肃者，西窗剪烛，倾心曾忆当年，东阁开梅，弹指又逢新岁。每念寸心两地，葭溯殊深，欣看万户千门，桃符尽换。恭维诸仁兄大人，履端笃庆，鼎祉凝祥，鸿猷丕著于皖云，尘训时颁于湖水，引瞻景曜，莫罄颂忱。弟迹寄西江，心怀北海，感驹光之迅速。七载依人，惭马齿而徒增，十年故我，所幸金兰契友，常遗箴言，庶几樗栎庸材，始无陨越。至于典事，生意虽仍如旧，操算总是不工，岁有三百六十天，利仅一万三千数，以视昔年，计拙端居我辈，方诸同业，先声已让他人。阁下会计良精，权衡素裕，权子母而见多多，允协持筹妙用，司出纳而有绰绰，实资借箸奇谋。君才若此，我羡奚如，而弟更难忘者，书蒙寄达，为怜公子在秦，财可通融，不责王孙归赵，殷洪乔似多惭德，鲁子敬有此热肠，甚感于怀，难宣诸口。且也唱酬拈韵，佳句不待推敲，话旧联床，雄谈弥见妙论，历遍茫茫尘世，难得血性如君。想来叠叠云情，更以骨肉视我，对江天而寄，感抚春树以兴怀。值此椒花献颂，遥叩鸿禧，欣兹柏叶铭觞，特陈羽翰。

　　附注：王芝卿，名立铭。杜瓒如，名维禔，均太平人。芝卿任同春典司楼，瓒如则中缺而代钱席也。

致周润卿

同日

久隔鸿仪，时深蚁慕，虽尺简常通于座右，而寸衷莫喻其依驰。顷者三阳启旦，万象熙春，恭维仁兄即景延厘，顺时纳祜，瞻乔云之在望，弥藻颂而良殷。弟鹪寄䲮安，驹光虚掷，感劳人草草，徒自役形，看世界花花，偏难合调。忆昔共处一方，把臂订金兰之雅，至今又分两地，翘首生云树之思。自寄迹于西江，起相思于南浦，我惟遐想，君亦同情。至于典事，生意逊旧，获利欠丰，愧持筹之乏术，徒伴食而贻讥。独羡阁下智珠在握，会计良精，冰鉴在胸，生财有道，创来骏业，胜算固已艳人，盼到鸿猷，先声早经夺我。此固居停财运之隆，而亦阁下筹画之力也。肃此恭叩新禧，并请春安百益。

附注：润卿，名恩连，太平人。与予同事湖典，后调宣城孙家埠同吉典经理。

致吴味耕

七月二十四日

　　和翁来,悉旧恙又发,甚悬悬也。细按贵恙,确是冲逆之症,医以痰症喘症治之,误矣。此症原于先天不足,肾水衰亏,龙雷之火,升腾上灼。肺属金,为娇脏,金受火刑,故现出气满喘逆之象。又兼时届秋令,凉风一起,万物凋零,燥气当令,肺脏愈伤。所以养生家,每于秋时,尤宜珍摄,恐燥气为虐也。昔喻嘉言先生,特标出秋燥一门,制清燥救肺汤,治诸气膹郁之属于肺者,可谓特具法眼,补前圣之未逮。弟拟宗此法加减,姑服一二剂,先保肺阴,清肃燥气,未审有当高明否。此请痊安,并希珍卫为佳。

覆吴味耕

戊申五月初九日

　　昨奉手书,并宅报笺面等件,收到为感。贵恙近发二次,医谓症属奔豚,宜服乌梅丸云云,鄙意却不谓然。夫奔豚症,系伤寒发汗太过,肾阳虚,则水邪挟肾气而上冲,其脐下必因之而悸。或病人受惊恐伤肾,致肾气内动,上冲胸喉,如豚奔之状,势来甚速,揆之贵恙,不类殆甚。按贵恙病源,在肾水不足,龙雷之火,飞越上炎,肝风相助为虐,薰灼肺金,以致气喘阳闭,似奔豚,而实非奔豚也。治宜壮肾水以潜阳,熄肝风以抑火,清肺金以顺气,庶或似之。且乌梅丸,专治厥阴伤寒吐蛔之主方,于奔豚毫不相干,细绎经文,从无以乌梅丸治奔豚者。奔豚属肾,吐蛔属肝,以治厥阴者而治少阴,恐非合拍,知己之前,不妨以一知半解,倾倒出之,希酌夺为要。弟目疾近益加剧,无论何物,入目尽成黄色,不知何故?作字更苦,恨恨!此覆即请痊安。

覆杜实庵广文

五月十二日

皖垣晤教，足慰渴怀，别来又一月矣。琐务纷繁，修候阙如，只以目疾大发，令人代稿，不能尽意，将亲执笔，势又为难，乃芜函未达，而华翰先颁，惭感无似。读来示，悉荣任后情形，教官一缺，本属清闲，闻故老言，乾隆朝有某大臣入直，上问天下教官情状，对曰："吃豆腐饭，苦无伴耳"，上笑之，遂有复设教谕训导之旨。泮宫池畔，碧草连天，一块冷猪肉，终年只有两次，较诸财神庙，香烟繁盛，大相径庭。教官为圣人代司木铎者也，其清苦亦固其宜。然而齐山在望，暇可登临，见估帆上下，水天一碧，洵足骋怀。他如杏花村酒，清溪夜月，百牙荷风，皆我池阳名胜，觞咏其间，可慰岑寂。吾辈旷达为怀，有此山风水月，仅可为邻，又何必不少住为佳，而遽作归计耶。狂放之言，用博一粲，此颂文安不一。

附注：实庵，名树荣，新甫弟也，拔贡生，实授池州府教授。居停聘请为湖口同兴典司外交，即俗谓出官者也。与予同事七年，性极和平，诚实不欺，有乃兄风。

致谷宝泉

五月十四日

　　自去年五月二十六日，邮上一函，迄今又一载矣，近状何似，驰念为劳。弟困守一枝，毫无淑况，头颅易老，时切愧惶。阁下养道山中，著书为乐，又得贤孟光佐理家政，更多佳境，羡羡。大哲嗣议姻否？二哲嗣就塾否？均念念。前接杜实翁函，悉阁下六月间有敝处之行，盼甚，盼甚。钟山胜迹，犹是当年，专望故人重来，相与登临，以留雪爪耳。弟自客腊以来，右目昏花，作字既难，观书尤苦，无论何物入目，尽变黄色。幸左目如旧，差堪任事，特乞赐方寄下，如能复原，则感激非可言宣也。手此顺颂近祉不一。

附覆函

六月六日

去年迄今,远承怀想,我亦人情,曷常有异。顷读来函,悉春间由汇转寄之函,竟不得达,若辈真不知我两人情好,有不专在函候,而断无不藉楮墨以道万一,诚瞆瞆也,一恨。尊目视物昏黄,良以公私交迫,操劳太过,心绪不佳所致。前服何药,未据示知,病情何如,悬揣而得拟方,安能入彀。大约目光以心肺之阳为主,凉剂万不可投,高明酌之。赴湖之说,藏诸心者已久,相与游钟山旧迹,犹在其次,而俗尘满胸,断非晡叔度,不能挥却,然炎威逼人,当需迟之异日耳。承念山中景况,迥非尘世可比,并奖及岐黄之术,有益民生,闻之益加激励。第此道茫无津涯,难登彼岸,不过区区济人之心,无所表见,活人即以自活,何足挂齿。近状平善,差堪奉闻,大小儿浪游浙省,自负终防自弃,姻事议而未成。二小儿性虽不钝,而体颇弱,我既劳于奔走,不暇自训,又苦乏明师,故未就塾。然每一思古人文章憎命之语,或不识字,仍当多福,一笑。今年以采薪担水,在在需人,爰典田数亩,雇工耕之,秋获可得谷十余石,客来不至令老妇为无米之炊。仍欲择地种桑,以补食用之不足。篱下依人,终难持久,去岁故于崇文洲事,决计不就,以遂所怀。孰知因赋闲之故,人人知我在家,咸来索诊,医道盛行,较之在洲,利增数倍,皇天不负苦心人,斯言洵不诬也。阁下食人之禄,忠人之事,主宾相得,谅不至抱谷风阴雨之悲。然既值高堂垂暮之年,又多向平未了之愿,人生贵适意,而役役胡为者,况湖典地多辣棍,协理乏人,一木支大厦,纵无倾覆,窘状何堪设想。加以世道衰微,人心不古,典业素为怨薮,诸易贾祸,为股东者,又只知忍事,谁为体贴入微也。阁下虽素不治生产,究非赤贫,何太自苦,每闻于该典不可挽回之事,刻刻欲以力征经营,较之书生忧世愤时,徒以泪清黄河何异。弟非云为谋不当忠,而忠人因之自取病累,亦可不必,果能平情接物,不致衅由我开,亦可告无罪于东君矣。此后千万珍摄,勿徒以典事撄心,刻思整顿,老其身于药炉丹灶中也。匆匆作答,意余言外,惟省览焉,即叩痊安。

致谷宝泉

八月十一日

六月九日奉惠函，备蒙垂注，肺腑之言，铭感五内。弟目疾近略好些，然见物终带黄色，看书作字，远逊于昔，而见火光，则现绿球如碗大，此昏盲之兆也。迩者秋将半矣，每当雨响空阶，窗灯摇影，听宵虫唧唧哀奏，辄新愁旧恨，交并而来，客绪如麻，不堪奉告。阁下襟怀澹泊，洁身早退，别与野鹤闲云，同消山中岁月，而谓草草劳人，能勿艳煞妒煞耶。石钟胜迹，游览几及十年，竟无只字留题，恐一朝萍散，未免山灵笑拙。因忘谫陋，分咏二十首，聊以志泥爪云尔，录呈点铁赐和为祷。肃此即颂秋祺。诸维心印不宣。

附覆函

覆函去后,未几入城,又奉大札,并钟山纪胜诸诗,读之清快逾恒。想见阁下事扰心间,不为尘氛所累,钦佩无似。是日适有曹竹溪老前辈,延弟去诊孙媳,青灯晤对。悉渠与令先君有旧好,因出佳作就正,此老谓尊诗诚蕴藉之至,有子如此,真可为故人颂也。欢慰万状,且有预拟八十①自述七律四章,交弟达览,因未带来,二次呈上。顷以事过城,谒实庵先生,知阁下垂念甚殷,为感。先是曾约赴湖一游,藉抒积愫,兼慰渴思,嗣因兵差见阻,何天缘之不假也,恨恨。此间医道,乏所折衷,弟又苦无书籍,闭门造车,出不合辙,虽博誉于是邦,以糊其口,究之道不加修,自问诚未入门也。尊目近日何似? 前所服何方? 未获见示,故不敢妄忝末议。然草木终属克伐,不如择血气有情之物,与贵躯相宜者数品,常常服之,加以养心敛气为要。数年来,各筮仕之人,均鱼沉雁杳,所惓惓于怀,而千里一室者,惟阁下一人而已,然而无怪其然也。居今之世,为今之官,烦苦百倍于昔,除戒烟学务诸新政而外,则趋奉上司为要点,何暇与故人相问讯。最悠闲自得者,莫如隐居山谷中人,围炉把卷,丹灶笼烟,红炉煮雨,别有一种暇逸之趣。弟领略此味,已五六年,惜宿债未偿,修名不立,谓非腐败则可,谓为暇逸则不可。大小儿现已倦游回石,就乃叔店内贸易,浮躁之性未知何日能纯。因虑其不能自立,故未议婚,成败听之可也,欧韩苏柳,谁是靠儿孙俎豆者,愤极适以自遣耳。次儿尚顽健,明年可授读矣。行年四十,寸进毫无,只得自想自退,高明以为然否,匆匆拉杂覆之,诸维原鉴,不尽欲言。

---

① 今年七十有八。

致谷宝泉

己酉四月二十日

　　三月廿二日,奉到手书,适有皖江之役,致稽裁答,为歉。敝典禀请暂行停当,原有复开思想,近因邑令迭谕不愿开设,准将典帖官款缴销,即行由县招商接顶云云。居停遂顺水推舟,决意收歇,现已禀覆矣。弟因歇典事繁,不易布置,就商新翁,指示一切,一俟经手各事摒挡清楚,即他往别谋枝栖。论家中情形,度自己福命,万难驾言出游,妄有希冀,无如十年作客,书剑飘零,两袖清风,依然故我,又安可家食自甘耶。京都之游,蓄诸心者久矣,拟先返里门,再行北上。少居停慕东,现补陆军部郎中,充军需司印铨官,局面颇大,我去求一枝之借,或不见拒,行止维阁下决之。弟近日心绪恶劣,又患齿痛,回忆前年目花,去年发白,今年齿摇,蒲柳之质,未老先衰,奈何奈何。我邑丁静之先生,生平孝义可风,人所钦仰,其室人操氏,苦节一生,绝无仅有,万不可不立传,以备辒轩之采。曹竹溪前辈,为一郡宿彦,且与丁公有旧交,墓志一篇,舍渠谁属。附呈一函,阅后乞代送去,并怂恿之为祷。盖曹老已届垂暮之年,弟此去又无一定之所,不得不亟亟也。委办首饰两件,兹先购就三根丝银镯一对,计重四两三钱,共扣钱六千八百八十文,寄存皖典,俟阁下晋省之便,自向该典领取可也。其金耳丝,容稍迟再办上。缘敝处金饰,向归东宅销号,闻现在金价四十两左右,若在银楼换一副,似较敝处便捷多矣,合并告之。顺颂近祺,立候赐福。

附来函

接还翰,悉前此公私交冗,劳形孰甚。惟闻贵躯康健,稍释予怀,而天南地北,欲晤为难①,彼此殊深惓惓也。贵典停当待赎,赎完后,仍开张否?阁下经手诸事,何时能清?有无改图?念念。弟卖医为活,人地相宜,诚宜于尊训,不宜妄有希冀,然亦无聊之极思。芜湖医院之招,既不果于行,则舍此安适,惟有与耕氓野老,课牛经讲树艺而已。自壬寅至今,岁历八载,除老妻稚子,馆粥而外,储薄田已五六亩,价可百余金,雇工自种,岁获有秋,当无庚癸之呼,退一步想,殊亦足乐。惟大儿一亲进门,似非百金莫办,稍一张罗,或亦遂意。不过此子性躁,东西奔突,仍然来此赋闲②,是大隐忧。至于从前债友,均蒙原谅,尚无过而问者,然每念及此,辄通旦不能交睫,岂真如太上之忘情耶。别图栖息,大半为此,辱承垂注,敢备陈之,贵池地旷,田产易购,俗亦敦朴,视故乡为易处,君其有意乎?两美不孤,三人为众,近又欲作非非之想矣。丁公与曹老有旧好,请作墓志,又重以阁下世交之托,断无不可,覆叩旅安。

---

① 现值农忙,需予料理。
② 前月杪至郡,暂住家中。

又覆函

五月初二日

　　前函去后，久未蒙答，知必公冗异常，致稽时日。昨接四月二十日赐书，始悉湖典贵东决意收歇，阁下经手事繁，摒挡清楚之后，又欲旋里，劳状概可想见。惟十年作客，两袖风清，游宝山而未得宝，谓非为仁不富欤。然阁下自安砚此邦以来，石钟在望，何趣蔑有，而酒余茶罢，每藉登眺以抒胸臆，此乐何极。前读大著《钟山纪胜》诸篇，深心托豪素，与君家坡老后先辉映，已可不朽，较之宝山得宝，轻重何如。又况水月山风，益人神智不少，尊诗及字，诸多长进，再能北上，以博大观，造就又不知奚若。苏君慕东，倜傥有大志，现既在京供职，局面又大，前程未可限量。良禽择木而栖，君子择人而与，阁下相知有素，断无不纳，其亟图之，万一不然，则亦合则留，不合则去可耳，惟是海天辽阔，势难飞渡，诚有恐旅人丧其资斧者。傥能筹措，宜果于行，何也？谋事在人，成事在天。幸而遂意，即可大展所怀，否则事无济，而心已济，亦复何憾。君年未四十，而目昏花，而发颁白，而齿动摇，虽由血气之亏，大半用心太过所致，抑知境无通塞，视此心为何如耳。弟自遭讼累，诸艰历试，万念俱灰，故虽累重如山，室悬如磬，亦颇自得，春间几欲北上，因闻泽兄丁忧开缺，遂罢。芜湖医院之招，不知因何不果，亦即不介意矣。以后无论何地，一经东道有人，心窃向往，然亦听其自然而已。连年医道虽有可观，究之分利，何如生利之为得也。满拟阁下别开生面，将为先路之导，不致弟老死牖下，则更幸甚。前书怀想之极，至欲相与比邻而处，此情已可见矣。不日尊事料理既清，而北行果遂，则请先期示知，俾弟赴皖，以图良觌，或返旆时，绕道过我一叙，均所盼切。尊齿久痛，当属火郁不达之故，拟四物汤，倍生地，加细辛白芷，服之可乎。承代购之银镯，拟存皖典，甚妥，其价亦烦该典转交，以免贻误，然有求必应，感何可言。尊寄曹老之函，比专人送去，晤时再为致意。叹离燕一阕，缠绵悱恻，读之不忍释手，若弟则手生荆棘，弹之而不能成声矣。正如子野闻歌，徒呼负负，君怜之乎，抑晒之乎。覆此敬颂迁安，不尽缕缕。

致曹函

六月二十七日

省垣一晤，天假之缘，可不谓得之意外者欤。至舟同半日，天各一方，尤留别后有余不尽之想。阁下赴岭上，正当酷热，劳不可支，曾否旋里，贵居停肯偕之湖典否？近想摒挡一切矣，此后果无意出山，则如《货殖传》《豳风》《无逸》诸篇，似不可不玩索而有得焉。何时得到池阳，幸一过访，以话别来风雨之思。新秋气爽，动念故人，幸勿如神龙见首不见尾，使人瞻望弗及，泣涕如雨已也。此间旱魃为虐，难冀有秋，弟自种之稻，亦刚被太阳收拾去耳。家人之卦，仍然变爻太多，懊侬无似，茫茫前路，莫问穷通，真欲起君平一度针也。丁公墓志，曹老尚未递到。闻伊先立秋三日，为民请命，登坛祷雨，无寸晷余闲，未便去促，稍迟再消息求之，以答惓惓。手此即叩旋安不一。

致曹竹溪孝廉前辈

忆自束发受书,闻先君子盛称前辈品端学粹,为吾郡一时硕彦,私心辄向往久之,每以未获一见丰采为恨。稍长得读前辈所为文若诗,安石碎金,少陵剩馥,钦慕更无既极。而尤感激者,先君子所著救病药石一卷,蒙前辈赐文冠其首,荣宠之德,后嗣铭渤五内。自维缘浅,临风怀想,如天际峨嵋,可望而不可即。屡思裁楮自陈,又以驽马十驾,总不当骐骥之一盼,用是卅年辗转愿往之忱,徒劳心曲。每逢南来友人,及有契合于前辈者,必问近状。顷间接敝同乡谷宝泉君来函,悉渠前谒台阶,见前辈精神矍铄,如日方中,鲁殿灵光,巍然依旧,为之忻慰无似。椿自壬辰失怙以来,历遭坎坷,不能自存,因勉就敝同族质库中会计一席,始在皖垣,权居两载,继复移砚湖口。八九年来,东奔西走,徒以肋味縻人,消磨岁月,客况诚不足上慰锦怀。幸石钟胜迹,距寓匪遥,山风水月,相与为邻,颇饶清趣。惟自悔失学,笔墨一道,究属门外汉,即偶有一字一句,深恐贻笑方家,不敢自炫。乃前岁钟山纪胜之作,由谷君出以就正,辱荷奖许过当,殆昌黎所谓诱而使之至于道者欤。远闻清诲,惭感交深,兹敬启者。

同里丁静之先生,系先君之故友,亦前辈之旧交,其生平血性热肠,久在洞鉴。而于筹款建乃祖恭愍公祠一节,遍诉当道,连年奔疲,其孝义尤不可掩。卒为祠事所累,生计艰难,甚至身后,贫难归榇,赖前辈多所周恤,孤寡至今,尤为感德。其室人操氏,贤明有淑德,自夫逝后,即回里门,抚其夫兄长寿之三子润澍为嗣。乃天不祚年,竟遭不禄。复又择宗人子以承桃绪,年方十四,初习商业。按丁氏本系望族,遭洪杨之乱,遂渐式微,先生家无所有,破屋一间,薄田数亩,而又为强豪夺去。操氏赁屋而居,以纺织度日,虽严寒酷暑,尝着敝衣,操纫浣舂炊之役,藉谋升斗,母孙相依,窘迫万状。而操氏茶苦如甘,安之若素,尝谓年老病多,诸事无所顾虑,所疚于心者,夫骸远厝异地,未归葬耳,言之辄泫泫泪下。椿近与比邻,见其茕茕孤苦,朝不保暮,家母辄命不时存问,稍资助之,然自愧力绵,奈何奈何。今春操氏只身赴汇,检夫骸骨以归而葬之,往返仅八日耳。椿自江右归来,见其茔事已毕,益叹操氏之处事,真不愧巾帼者矣。

夫世道衰微,至今已极,求松柏其操,冰霜其志,如操氏者,诚不多觏。查操氏二十八岁守志,现年五十五岁,揆之定例,妇人年未三十守志者,准请题旌,似亦相符。椿屡欲邀士绅禀请有司,冀沐盛典,藉以励末俗而振颓风。只缘家居日少,兼苦乏资,因而未果,而中心实不忍其湮没而无闻也。窃思古今来,不乏塞上壮夫,闺中嫠妇,其可钦可敬之事,流传弗替者,端赖名贤笔墨之灵,庶足以永千秋而垂奕禩。丁公之墓志,先君子曾撰有一篇,惟操氏苦节一层,事在先君子逝世之后,欲为表扬,迄无其人。惟前辈苏海韩潮,士林重望,又与丁公有夙好,因不揣冒昧,略述耿概,仰求椽笔,将丁公之畸行,操氏之苦节,牵连书之,或序文,或墓志,悉听老人笔兴。用光家乘,而表陇阡,一以阐潜德之幽光,一以待轺轩之采择,维前辈俯纳焉。旅次匆布,敬颂近祺,并叩道安不一。

附覆函
七月二十一日

萱臣仁兄世大人，阁下忆自尊先严在日，与弟虽未谋面，而心交神契，历有年所，以文字时相往还，恒由故友静之先生处传达之。尊先严救病药石一书，所撰不文之语，则自静之先生逝世后，又隔数年，由汪君选青携去者，回首一思，盖不胜今昔之慨、聚散之感矣，太息久之！前令同乡谷君宝泉，以医来敝村，谈及渠有同乡友，左江右质铺，邻石钟山者，并袖石钟山纪游诸大著。阅之潇洒出尘，知非寻常俗手所能办，遂详细其家世，始得备悉，乃叹明德之后，必有达人，故交良友，诚又有卓然挺秀如是之莫可限量者，欢忻鼓舞，为何如也。嗣复由谷君从江右邮寄阁下手书，谦光可挹。委为故友丁静之先生，暨其孺人节孝立传序，弟自忖衰老，荒于笔墨，兼以体素弱，时渐炎蒸，故尔迟迟未即报命。顷梧落新秋，凉爽可人，就所开节略，反复再思。鄙意惟既殁则立传，生书行略，方见分明，不好牵连言之，勉强构成两篇，未知当否，转就教正，免贻方家笑也。彼此衷情如许，难以楮传，省试在迩，当与小孙先让，邸中时常聚晤，面话一切，阁下养晦有年，定将破壁飞腾，转瞬间，又有云泥隔也。手此恭颂元安，并璧抑抑扬谦，汗惭无既，不尽缕缕，合潭均吉。

愚弟曹焕顿首谨覆。

丁静之先生传

先生讳鸿模，原名镇南，字静之。尊甫敬承公，乃宋恭愍公十世嫡裔孙，世居石埭四都四甲诞溪，自宋迄今，庙祀甚盛，中以家族式微之故，竟致阙如。至敬承公，奋志思复，奔驰南北，请复旧典，况瘁十数载，越道光十六年，始得奉旨准续载入《学政全书》。嗣是每岁奉祀生，随地方官致祭，例行弗替，慰恭愍公之灵，即敬承公夙抱偿矣。

咸丰七年，粤氛肆虐，丛箐险壑中，民多逃窜，公不幸婴疾而殁。素精医，有盛名，其与先生临世难永诀时，但谆谆恭愍公成烈沿之久，慎勿堕，无他属也。时先生年逮弱冠，值乱离，执丧哀毁，骤得心疾，迷惑失次，居无定所，旋至汇镇，渐可谋生。洎江表底定，即于是镇，仍世其业。尝言医道难，庸医大概风寒则汗，躁结则下，不得愈则和解，或消导，虚则急用补，舍是而术穷矣。人生阴阳不和，斯营卫伤，医惟审营卫于阴阳之间，调剂之使无偏胜，抑太过，救不及而已。而此偏胜中，犹防其有太过不及，必一一层累曲折，思之渺若厘黍。且于望闻问外，切脉以证之，穷其相生相克之理，通其隔二隔三之变，化裁研究，剖析微芒之际，真如恒河沙数之莫可穷极，犹惧错误，敢以术自炫哉。余自订交后，得痼疾，濒危者数，悉幸扶以起，皆先生力也。

先生性侃直，家居守朴素风，与人有血性，至诚待人，无或欺，人亦无忍欺之者，素不肯为脂韦阿徇之习。济人不吝，处己不奢。医业外，时遵父训，钞集褒忠录，虽盛暑严寒，不扇不炉，手自楷书，流汗指皴，不觉也。钞缮一编，又遍访老学宿儒，素相契者，相与补增之，校核之，无有挂漏舛讹，皆不惜劳费以成之，辑为善本。曾约同乡前辈，禀请曾侯相文正，李爵相文忠，达于朝，并告恪靖侯左公，求撰序文。于是每逢学使临池，试毕，具衣冠，揖奉此录献之。蒙徐学宪郙、孙学宪毓汶、祁学宪世常、贵学宪恒，均宠赐序文。又晋省，谒抚军陈公、藩台卢公，暨张公，求恩拨款修祠。乡先辈桂穆堂先生序文，并桐城张君伯衡《校褒忠录书后一篇》附之。先生每念恭愍公祀生执照，自咸丰七年失落后,遇京客,便问讯部中备案与否,再四确查。后以同乡妥友,携费投递,咨部复发,喜甚,以为得光旧典,而积劳已甚,痼疾复发,部发执照甫到之一日,遂卒,年四十岁。含殓时,不瞑目,祝之目乃瞑。

赞曰:闻恭愍公之风者,百世下,莫不兴起,矧属子姓之亲乎。敬承公克光先烈,祀典断而复续,其嗣又能恪守之,弗坠厥绪,心力瘁矣。天高听卑,降鉴当不爽也。潜德幽光,郁久弥彰,子子孙孙,勿替引之。恭愍公在天之灵,有不式凭乎!

秋浦曹焕拜撰。

丁母操氏孺人行略

夫巾帼中通达大义、善继其夫之志，并继其夫家先人之志，以成孝义之行者，艰苦万状，而心如一，诚丈夫不及也，岂徒以节孝称之哉。孺人贤明有淑德，初适丁氏，时寇氛甫靖，静之先生，方侨居汇镇，家储无担石。怙恃皆见背，孺人年未二十，归侍箕帚，左右辅之，有贤声。先生世习医，有叩请者，虽寒暑风雨，孺人必怂恿速之行。有就而问者，餐宿行止，无少留滞，患人之患，急人之急，诚笃利物，内助有功焉。先生以恭愍公成烈，断而复续，先人劳瘁极矣，若自我身而坠，曷以对先人。故每禀各大宪，动费多资，有棘手时，不觉忧形于色，孺人则出衣钗质之，乐以成其事。

先生年四十岁殁，孺人痛不欲生，含悲回里。先生抚族人长寿之第三子润澍为嗣，教育成立，颇有年，不幸遭不禄，孺人悲痛，较夫殁时，尤惨切不堪言。乃复议立宗人子天福，以承宗祧，孺人笃爱之如自己出，谓之曰："人贵自励耳，汝祖望尔叔，未成而殁，我又抚汝，惨已。读书为商，操术不同，而操心无以异，念祖恭愍公，为何等人，尔勉之哉。我有破屋一间，薄田数亩，虽被豪强所夺，势孤力弱，强陵暴欺，所不免焉，毋与校可耳。"自赁屋以居，纺织度日，为人操井臼舂炊之役，间则为乡族缝补缀，针缕不去诸手，以供米盐。戚族比邻间，资助之，可受则受，否则婉却之。母孙相依，茹荼若甘，无论寒暑，敝衣蔽体，处之泰然。恒言他无顾虑，所隐疚于心者，惟先生手钞之《褒忠录》，什袭藏之箧衍，时防蠹侵。又虑夫榇，久厝异地，尚未归葬。近老年病多，每一道及，辄于邑泣下，为废餐竟日。忽于旧岁春间，只身赴汇，诹吉择地，移夫榇回里，甫八日而窆以告成。

呜乎！孺人以一女子，当丁氏存亡绝续之交，忧危颠沛，迭集于心，饥寒困顿，交迫其体，而孺人一若冥然无知，茕茕孤立于苦雨凄风之地，屹峙不移，必欲丁氏旧典废而复兴者，从此永承其光烈，以启佑后人，然则孺人之为功德于丁氏，殆非他人之节孝，可同堂而语也。余得闻其巅末，备述之，以俟牺轩采择焉。

秋浦曹焕谨撰。

附注：竹溪，名焕，贵池曹村人。由拔贡生中科举人，经师人师多士楷模，为吾郡硕儒，先君素所钦佩者。秋浦，即贵池别名，鼎革后建德县改名秋浦，人遂不知旧称矣。故志之。

覆黄皖辰明经

十月二十一日

日前枉顾,足慰渴怀,第惜别匆匆,未多领教,为怅。日昨专价到,奉读惠函,快如把晤。敝处之事,朱宅承替,业立议约,订定出月初一日,交割过手,转瞬浮云,能无感慨系之。厅上诸盆景,颇可寓目,讵意旧主人,萍迁在即,难以庇荫,不禁欷歔欲绝。适惜花老人,索而植诸名园,吾为花幸,花当为吾悲也。兹交尊价带上山茶、月季、瑞香、佛手、金橘、香草诸品,供养斋头,如对故友。但愿金谷词人,作十万金铃,善为护之,毋任心感,琐事甚烦,不尽所云。

附注:皖辰,名□,岁贡生,宿松人,为太湖县同新典经理。善理财,尝贩木赴下游以售,每岁获利颇丰,不数年腰缠十万贯矣,乃父为苏慕东受业师。

致汤谱笙少尉

少候为歉，县主札委吾公催缴当帖官款，此真节外生枝。在县主或有调剂吾公之心，而敝居停则难体县主之意。椿叨在爱末，特奉番鹰四十翼，以供尊署之餐，亦不过借花献佛而已，而究于公事不相关也。为数虽曰无多，然在冷衙门，亦未必不聊胜于无。傥必欲如淮阴将兵，则敝居停现宦京都，无处就商，未免令经手者为难矣。夫歇业与创业，固不可相提而并论，假令敝典新开，县主委吾公送当帖，送告示来典，则酬谢从丰，人所乐愿。今敝典被县主一再催令招顶，转瞬间，物易新主，读他人入室之章，吾公能无怆怀，而犹欲争多较寡，刺刺不休，则不情孰甚焉。在吾公以得商家之钱不为恶，取富室之财非近贪，要知名利场中，适可而止，若诛求无厌，欲壑难填，恐清议难逃，窃为吾公不取也。区区愚忱，鉴原是幸，收受与否，悉听尊便。直言拜上，死罪死罪，即颂勋祺不一。

附注：谱笙，名□，江苏人，任湖口县典史，即捕厅。

致族华存

庚戌四月二十八日时客宛陵

自客夏奉书后，彼此缺音问者，又一年矣。仆去年羁于典事，东西奔走，席不暇暖，各友处，鳞雁久疏，职是之故。厥后居停因湖口改用洋码，格于成例，遂顶与朱姓接开。及腊初，始得将经手事件，摒挡清楚，拟趁腊鼓声中，作闲云归岫，与空山猿鹤，共啸烟霞，乃居停又复函调执事于孙家埠典内。我本寒士，随遇而安，自思进退之间，夤缘固不可，矫情亦不能，老马途穷，不得不复恋栈，因于腊月二十四日，驰赴接事。抵典以来，栗碌无似，今春二月，始返里门，满望晤教，一慰离悰，乃雨雪载途，稍为迟滞。迨抵里，而文旌又遄发矣，参差相左，觌面为难，岂聚散有定数存耶，为之怅怅。接杏月廿九日手书，远蒙存注，惭感交并。以久客归家，不无琐事，又兼村中俗务，纷至沓来，俗谓住乡村，接邻友，似不得不听人呼唤，因此裁楮又迟一月，而究非稽生懒慢也。迨本月十二日，束装就道，更携稚子同行，纡道鸠江，水陆并进，至十八日，始达典内。小儿年大，既不能读，又未学商，是吾隐忧，现已送入斯地致中小学，求其识字而已，无他望也。足下今年就商务局一席，月可四十金，较之处馆，优胜多矣，羡羡。曹君赤霞，吾旧好也，闻同事一处，晤时乞为致候。今年南京赛会，为中国数千年一大创局，仆拟立秋前后，邀二三契好来宁，一扩眼界。然初到白门，适馆授餐，又劳贤主人一番酬酢矣。笑笑，率泐布臆，不尽欲言。

致汪冕卿

六月八日

　　承荷大笔所书堂幅,收到之余,众友传观,宾朋赞赏,石如衣钵,得有传人,为击节者久之。而弟则因爱生贪,因贪生妄,敢乞公余之暇,再仿邓体,为书一联,其联文:惜食惜衣,非为惜财原惜福;求名求利,总须求己莫求人。同前书朱子家训,悬诸座右,时时浏览,一以懔古人之箴言,一以传良友之墨宝。不情之请,其许我乎?奉书陈谢,不尽万一。

覆曹竹溪孝廉前辈

六月二十四日

客冬辱惠手教，存注勤拳，重以借奖过情，读之汗下。本拟即答，适江右典业歇替，交代事冗，且日往来于大江左右，席不暇暖，未几居停，又调赴宁郡之孙家埠典内经理，接手之初，不无酬应。肋味迷人，公私鱼鹿，致裁候迟至半年之久，此因人成事之苦况，唯前辈鉴而原之，幸甚，幸甚。前辈所撰《丁静之先生传》暨《孺人行略》二篇，盥手拜诵，心花怒开，铺张扬厉，笔意纵横，足媲美于昌黎柳州。荫椿五中钦佩，笔楮难宣。伏念静之先生一生畸行，孺人一生苦节，得椽笔表扬靡遗，静之先生，其不朽矣。荫椿今春回里，传文一篇，业付石工，泐置陇表。其行略，则交丁母藏之巾箱，以待他年轺轩之采。偶读与听，便涕泣不知所云，存殁感德，曷其有极。而敝邦人士，一时钞诵，几于洛阳纸贵。佥谓前辈以天马行空之笔，写羊公堕泪之碑，足使后人闻风兴感，而前辈之高谊，不啻范巨卿一流，尤为多士所钦慕。荫椿早年失学，乌能赞高深于万一，惟殷殷向往之忱，无时或释，每以道阻且长，不获一亲几杖，辄自叹福薄耳。去岁省试，荷蒙前辈期望之殷，弥惭且感。荫椿自分命浅，又荒于学，见猎心喜，未免不量，以故仍甘雌伏。迨揭晓后，令孙竟获拔元，乃知美协凤毛，殊德门之盛事，为欢忻抃舞者久之。顷闻前辈九旬大庆，荫椿远客宛陵，千春之祝，既未登堂，寸芹之献，又未将意，抚衷自问，抱歉良多。惟有翘瞻钟阜，诵南山之什，祝老寿星期颐迭庆，再捧兕觥以晋祝冈陵耳。宣州年岁，梅雨为灾，低处尽行泽国，枭形蜮状，世风不靖，珂乡一带，丰歉若何，迩因俗务稍清，特走笔一道谢忱。伏希钧鉴，并叩道安不一。

附来函

己酉冬至后二日

　　萱臣仁兄大人，阁下承委作丁先生荫生传，又丁母操孺人叙略一篇①，曾托贵同乡谷宝泉兄由邮局寄②九江府湖口县同兴典内。现宝泉已往芜湖，又闻往天津，此件至今尚无来音，未审可邀鉴否？此致，敬请客安，顺询日佳，不戬。

　　愚弟曹焕顿首。

---

①外信一封。
②八月中旬。

附覆函
庚戌重九后三日

萱臣仁大兄大人,阁下敬启者,上春以旧夏所寄一椷,久未接奉回音,两次渎询,以为是必被洪乔浮沉江流,抑或拙稿覆之酱瓿去矣。乃于前月竟得覆函,欣悉我兄接到后,曾将丁先生传付石工,刊置墓表,孺人行略,亦亲交述诵,并嘱藏箧衍以存之,足见阁下高谊热肠,用心周挚,佩仰诚莫可名言。而弟以伧父不文之词,挂名石上,垂之无穷,与有荣施,已属滋愧。又谬承奖誉过情,扪心自问,尤为羞恶无地也。家乡蛟患颇异,年岁收成,亦不见甚丰,小孙先让就直隶州州判职,现在留羁京都未归,知注奉闻。手此布覆,敬请旅安,即维心照不宣。

愚弟曹焕顿首谨覆[1]。

①老眊草率,不恭乞恕。

覆谷宝泉
六月二十五日

五月十九日，奉望日手书，适是邦破圩，饥民滋事，赈典筹备纷繁，以致迟答。昨接十七日惠函，并赠七绝十章，天外徽音，从空飞下，惊喜过望。惭感交深，具见阁下养晦有年，襟怀潇洒，故挥毫而烟云绕腕，不觉清新流丽，见于字里行间也。但奖誉过情，曷敢以当，读之汗涔涔透十层甲矣。弟为肋味所迷，年年压线，每思阁下行止自由，而生计亦隆隆日上，辄悔抽身不早。前函想步韩康后尘一节，弟蓄此心久矣，大凡贸易之道，视财力为胜负，争锋对垒，有力者胜。至行医一层，此地病家，不送诊金，待秋收时，医必治酌，遍请诊家欢饮，始各资送若干，如举人请客打抽丰一般，此荆襄一带风俗。此地两处人多，故岁而行之，殊陋习也。尊处一带，有营是业地点否？若资本在毛诗之数，弟可认半，相与共成此志，请酌夺之。如有鸠江之行，务乞惠临，以慰渴想。弟今年运气大坏，舟行樯折，舆行杠断，其蜕化之兆欤。弟任运以安，无所顾虑，所耿耿者惟老母腊高耳。外此则一二知己，天各一方，时切伊人之感，随园谓君子贪生，专望良朋聚会，痛哉斯言。尊稿有孔方兄为我勾留一律，弟忘前半，乞钞寄我，并将各佳著录示，以慰中心殷殷之忧。溽暑正盛，伏维珍摄，不尽所云。外寄曹竹老一函，率泐不工，祈阅后转递，并一道歉忱，为祷。

附覆函

六月十七日

　　前所覆函，谅已达览，承嘱之事，适值万感纷乘，心绪甚恶，未获报命，甚歉，甚歉。日来田事已有头绪，子病亦痊可，因就近谋事，便于调摄，改在郡中生理，然亦友人所代筹也。弟外间之事，既无所成就，只得守株待兔，顺时而已。刻以地方诸善士，谋济灾拯难之策，为弟设一行道处所，藉施药饵，赤贫送诊，火食由公给发。自六月至九月共三个月，其另行延诊，及非贫困者，不在施医送药之例。弟闻而义之，愿尽区区。俟挨过此时，再谋栖止。十余年来，仅伏三指生涯，际此凶年，得不饿死，已出望外，何敢他求。然身家所累，进项绝无一定，亦大忧矣。阁下主宾，历久不渝，大是快事，如弟东西奔突，所如不合，夫复何言，委之于命，始觉快心，不然只要闷死。另呈七绝十章，非敢云诗，不过安贫守命，思念知己之心，藉此表见耳。阁下近状何似，覆曹老之函，已未有稿，念念。渠每谈次，必垂问也。芜湖秋后，总想一到，再谋无门径，便作罢论，尊处或可聆足音于是时也。溽暑蒸人，满望珍摄，暇乞覆我数言，以慰眷眷。

　　日来心绪粗安，言念故人，不胜离索之感，成七绝十章，即呈萱臣诗家一哂，兼以志颂。

偶拈诗句不须编，风雨怀人欲暮天。
两地相思经岁别，万千头绪笔难宣。

皖水章云未有限，停云落月每徘徊。
霎时风送鸿毛顺，生面于今又别开。

桑梓情怀叙敬恭，同携游屐躐双钟。
十年前事浑如昨，记得云峰有几重。

西江水活又南天，到处风光为汝妍①。
偶一设身寻妙谛，方知陆地有神仙。

中天宝婺灿辉光，翘首层云喜气扬。
子妇欣闻琴瑟好，门厅聚顺福无疆②。

满门桃李艳青阳，转盼秋风桂子香。
可畏年华廊庙器，他时书锦合名堂③。

六峰小隐筑山庄，耕凿能安计亦良。
遮莫桃源误寻得，萑苻克靖俗无攘④。

野处门无车马纷，好将仁术忆前闻。
疮痍满目增惆怅，良相良医念倍殷。

林峦高下复西东，膏泽流通济物公。
最是个中称快处，仓箱准备岁时丰⑤。

绿树阴浓四面堆，弹棋酌酒亦心开。
如斯风物难为友，安得苏髯带笑来。
庚戌六月宝泉率草。

① 现客宁郡。
② 令堂康强逢吉，闻之色喜。
③ 令郎随读，造就未可限量。
④ 岁饥患盗，敝村幸免。
⑤ 薄田无旱，可望有秋。

致杨积堂观察

辛亥年,代竹如

　　忆自垂髫受书,闻先君子述及门下士,盛称阁下学问文章,俱有根柢。深以远大相期,私衷艳羡久之,每以生晚,不获一晤丰采为恨。稍长,得读大著,苏海韩潮,尤为钦佩。屡思裁候,又念阁下置身青云,弟为一介寒士,云泥分隔,焉敢以无谓之寒暄,上渎清听,而驰慕之殷,未尝不依依在抱也。厥后阁下分巡奉天,督办矿务,欣悉勋猷丕著,于交涉利权诸大端,均卓卓有可称者。政治民情,畀隆帝简,益叹先君子赏鉴非虚,尤自愧驽马,不足与骐骥并论也。前岁敝本家绳武兄南旋,谈及阁下于公务倥偬之际,犹不时存问鄙状,辱蒙垂念,惭感交深。弟自先君子见背以来,奉母家居,廿有余载,碌碌乡关,别无淑况。所惓惓者,先君子司铎鸠江,一盘苜蓿,遗蓄无多。而十余年来,读书、婚配、茔墓等事,所费不赀,以致比年来,拮据万状,议者咸谓官宦之裔,未必遽替,不知坐食山空,久已存名失实。弟思吾辈读书,安贫乐道,兢兢自持,从不敢奔竞夤缘,有失操守,惟世风日下,贫如宣子,无有从而贺之者,以此叹古今人远不相及耳。弟忝叨世好,略存近况,以期嘘拂。想阁下高谊如云,不难广厦千间,庇及寒士。弟生平无所表见,惟"勤慎耐劳"四字,羞堪自信,伏乞赐假一枝,无论何事,定有不负盛情,未审阁下曾一念及师门,而援手否耶。鱼在陆地,亟需勺水,唯阁下玉成之,崇泐布臆,即颂勋祺,立待赐福,不尽缕缕。

　　附注:积堂,名善庆,坦上人,拔贡生,为雨苍先生及门士。积堂任唐山矿务督办时,竹如赋闲家居,念有世谊,思往投之,托予代稿。

致李逸洲

五月廿三日

十七日，在里寄一函，度可先此呈览。弟于今日抵仓，初茌此地，两眼魆黑，正如新妇入厨，不知炉灶，默念一饮一啄，莫非前定，今后通滞，悉以此视之，毫无成心也。第自作客以来，十有二载，商界浮沉，一无所恋，惟二三知己，聚久忽离，每一思之，寸心耿耿。居停近有信到否？弟缺开否？合做之香油，涨跌若何？均希示之。老戴客地闲居，大是难事，孙典如添人手，可招之使来，以供驱策，全仗阁下嘘拂，惠同身受。仓房屋宇宽大，更多暇日，较典内清静十分，同事二人，未免寥寂。所买涂姓屋基，墙被拆毁，该妇缠讼不休，人不敢问，官无如何，洵世界上第一悍妇人也。居停抱和平宗旨，而又要不失体统，弟碌碌庸材，遇此难题目，不知从何着笔。爱我者，将何以教之。此泐即请大安，立待赐福。

附注：逸洲，名□。青阳人，寄居休宁，始同事于湖典，继同事于孙典。

致族苏慕东参议

闰六月十九日

　　暌隔芝标，倏忽十稔，露白葭苍，辄深秋水伊人之感，北望京华，神驰左右。椿荷贤竹林庇荫，假我一枝，始在皖垣，继赴江右，自湖典召顶后，又在孙家埠一年。去冬调赴青仓管理，辗转徙移，萍踪靡定，乏片善可告故人，惟寸心堪酬知己。

　　椿抵青后，适涂姓控案未了。椿私念天下无不了的事，即庚子一役，亦有结题之一日，何以此案，结而复翻，自县府以及督抚诸大宪，选控不休，又复拆墙毁脚，寻仇拼闹，几无休日，真不得解。迨椿查悉前后各情，盖谋之不臧，有以召之也。涂张氏平日横泼，靡不周知，何以受业时，不要伊夫居中签押，所误者一；理论之时，孙鸣冈及金芝官、长庚官等调停，将当契检还，佑之伊应管一半之墙脚，品价一百元，售与苏宅，其神锡出卖之基，照契无异，此何等不美，乃涂遵而苏不允，所误者二。有此二误，致酿今日之祸，所谓不慎之于始，必悔之于终也。幸萧前令提案掌责，断令佑之添名画押，给中资洋二十元，并取具生死不与人干切结完案。迨其一再上控，萧前令又通详请办，所以各层宪，均批斥押发，旋又拿获此案讼棍黄俊一名（湖南人），监禁递籍，亦可谓拔本塞源。观其公牍函件，积至盈尺，萧令殊煞费苦心哉。即君家贤竹林，宰是邑而断是案，亦不过如此。

　　岂知天下事，压力愈大，暴涨愈速。该氏于去秋七月，上控不准，回头辄用野蛮手段，拆毁封墙石脚。其时令弟滨如，在仓避暑，如果送县请究，不难中止。乃不闻不问，任毁一光，故议者鲜不归咎于滨如，谓示弱以启之也。抱不平者半，嘲笑者亦半。厥后以令叔名义，仅在彭令案下递一禀，而敏甫又不出头，该氏亦不赴案，以所控者是阮台与敏甫，不知有苏国华其人，案遂冰搁。该氏日带短刀秽物，狙击敏甫与左服政二人，蹧踏已非一次，旁人稍有公论，便詈骂之，以故人皆侧目，无敢谈及仓房事。自四月以来，该氏横泼愈甚，每晨在耳门，泼粪一次，令人难耐。椿抱定令叔和平办理宗旨，托绅排解，经何维德、胡柳帆、方宗矩、陈逊卿、袁云巢、林正修等，出而调停，厥议有四：(一)劝该氏将自己一半之基，并与苏姓，价可从丰。(二)苏姓或买一市房，或买一基地，与其调换。(三)苏姓找价若干，神锡之卖契，作为无效，另由该氏出笔立契。(四)或将该基一并卖与农会，由农会转售苏姓，令伊得个面子。以上四议，颇觉不亢不卑，乃该氏一件不遵，咬定要原基退还，寸土不让，黄金铺满，都不变卖，中人见其志坚意决，卸手不问。椿思妇女不顾羞耻，不讲道理，一味横来，今日官责，明日如故，此真无法可治。有知己者，代为筹得三策：(一)还基。以外间有苏姓肯还，惟敏甫、左服政二人不肯，所以找他二人之说。议者谓何必爱此不毛之地，与结讼仇，能可退还，亦不失忠厚待人之道。(二)充公。若以还基为失面子，可请官断充公，不归苏，亦不归涂，此亦省事之一法。(三)变案。前二层既不能行，则不用毒药，难医毒疮。大丈夫处事，紧急关头，手段不可不辣。椿一一告知令叔，旋接来函，以还基恐人效尤，充公有失体统，变案太险，嘱另设法。椿本碌碌庸材，遇此枯窘题，不知从何处着笔。兼之彭令丁艰，翁令代理，不问民事。闻署理刘令，颇风厉，又以亏空，不能履任，因撰节略一册，并绘图说，于上月十四日赴省，托新翁觅友呈递，以俾胸有成见，一切情形，度新翁已函闻矣。目下该氏寻仇愈亟，到仓拼闹二次，椿无法，遂于月之八日，在翁令案下，递一禀词，并托林正修经手，遣番佛六十八尊，前去关说，迨十七日，批词颇好。令叔之意，嘱即购备砖瓦，将围墙复砌，伊若来闹，送官请究。椿思墙既被拆，一经兴工，必定阻造，此等官不能办事，送去不究，岂不无味。是以砖瓦虽购，而工则不敢遽兴，质之高明，以为然否？

椿到此两月，毫无裨益，而亦未轻举妄动，有坏全局，自问可告无咎，不过过激者，怪我太怯，不作快意之举，啧有烦言耳。然身为同事，何必做出偏锋文章，再四思维，只有乞退，业请令叔派人接办。论椿在君家庇下，独得栽培之厚，岂不知受人知者分人忧，受人惠者急人难，无如才力不及，深恐贻误东事，人苦不自知。椿则不然也，有一斤力，挑一斤担，所谓驼负千钧，蚁衔一粒，亦视其力所能到而已。惟该氏口口声声，走了九十九步，独京控一步未到，实不甘心，更书冤状，遍贴通衢，污蔑阮台，无所不至，虽佛头沾粪，不损其尊，而观者未免刺目。又称天气稍凉，将大墙(即神锡出售一半之墙脚)拆倒，即往北京控告，似此缠讼逞刁，殊为心腹之患。椿将现今情形，详细胪陈，其如何设法之处，乞与令叔接洽，事关切己，万勿膜视，为要，为祷。椿无事家居，万难处久，倘令叔不弃菲材，别赐一枝，自当图报，否则拟赴京叩谒，以慰十年阔别之思，如蒙量材位置，将来得有寸进，感激何可言宣。小草枯荣，全仗春风广被，唯阮台培植而嘘拂之，不胜翘企之至。肃此敬颂勋祺，诸维心鉴不庄。

附注：慕东，名锡第，太平六甲人，世居岭下，致字行，光绪丁酉科举人。后任兵部郎中，戊戌予族修谱，得朝夕相晤，因订交焉。时安庆同春典内缺正乏人手，劝我习商，商之乃叔文卿，遂于庚子年招往皖典焉。

覆慕东参议

八月初四日

上月十四日,奉到手书,备蒙心照,感激无涯。适椿斯时患疟,旋转伤寒,势颇危殆,本拟稍痊,即行晋谒,乃日复一日,步履维艰,既阻行期,又稽裁答,致劳锦盼,愧恨奚如。青仓之事,业已力辞,于闰月二十日收拾回里,一面请令叔另委贤能接办,俾有责成。椿决然不就仓事者,厥故有二:一因涂张氏,坚执寸土不让,必达其归赵之目的而后止。而令叔以还基在当初则可,迨结讼数载,京外各署,悉被控遍,且又拆墙毁脚,斯时言还,不但有失面子,而心实不甘,宁可将青业变尽,此基万不能还。试问两造竞争,各无让步,椿本庸材,何以办得妥善乎?一因敏甫时有龃龉,怪我太怯,殊不知此事,若果是我一手办理,虽拼死前进,亦所不辞,乃祸端自敏甫开之,而反怪人不为结束,未免过于责难。椿系半路接担,求福欤,求祸欤,知我者当为曲谅。滨如谓我不任仓事,因阁下松劲,以致灰心云云,未免误会。或者愤阁下不设法,故作此语以激之,亦未可知。至于令叔,屡责阁下不设法,似亦欠当。大凡天下事,在在求人,究不可恃,傥此案出于他人,托阁下关说,犹可为力。今涂张氏所控者即阁下,以己事干托,未免不知避嫌。新翁谓此语有阅历,据鄙意不如退还,以速了为是,日与无赖妇人结讼仇,有何滋味。诚如尊示,还基仍不失英雄本色,惜乎令叔未之一思耳。椿抱病里居,将近两月,焦灼万状,读来翰,具见一片热肠,恤我寒士,嘘拂之情,溢于言表。人非木石,能无铭感,一俟秋节后,稍能行动,即束装北上,拜领教益,良晤匪遥,余容面罄。先此布覆,敬颂升祺,并请秋安不庄。

致李逸洲
十一月二十六日自芜湖同福典泐

往广德民军，曾否由孙埠经过，我典受扰否？接函后，甚焦灼也。监翁毫无主见，处处惜费，冕卿因其不内外安顿，知事不可为，故逸去。监翁有挽留弟接办消息，而西舫、永芝、锡年等，亦表同情。第芜典既决裂如此，苟能为力，冕卿不去，以人不能做之事，而冒昧以从，智者不为。弟重来孙埠，本意与诸公勉为其难，以期相与终始，若舍彼就此，将何以对阁下乎？至于孙典各事，弟馨陈一切，监翁只知"速停"二字，询其善后方针，则语近含糊，总在省费一边，未免责难太甚矣。文翁现赴太湖，度必往宿，来芜之说尚遥遥无期。弟疟势日深，每发一次，即困顿一次。近又现出气促之象，寓居此地，茶水甚不便当，因向监翁请假回里，以便调养，痊后回孙度岁，未卜阁下垂亮否？好是监翁不久到孙，一切之事，由东宅布置，胜弟多多。再调查皖芜两典，自十月起，同事另有津贴，内缺每人龙洋三十元，柜友各二十元，中缺各十元，学生大二三各八元，四五六各六元，以下各四元，厨司待年底，再为酌给。又另给同事川资，以备不虞①，一概入册，并不收回。弟思同事受惊，彼此一样，皖芜既有成例，孙典尽可照行，乞阁下宣布此意，按人补发，以免向隅。典内各事全仗阁下暨诸君极力维持，众擎易举，其今日之谓也。即请大安不一。

---

① 每人本洋二十元，龙洋十元。

致谷宝泉

十二月二日自同福典泑

　　自四月邮上一函之后，缺候者半年矣。弟于五月赴青，办理仓务，适本仓与涂姓争基一案，结讼四年，自督抚各辕，缠控不休。弟往省二次，布置各切，往返奔驰，心力交瘁，事难卸手，回里闲居，闷极，闷极！七月患疟，一病至今。八月小儿又患吐血，势如潮涌。母妻子媳，相继卧病，举室呻吟，客来不能为炊，诚生平未遇之奇劫也。九月大局一变，人心惶惶，居停以孙典系我旧部，迭函敦促，仍旧管理，命舆来迎，星夜前往，弟念感情，扶疾就道。到典以来，事事棘手，内外交困，乱世外游，自悔孟浪。正思作乞退之谋，而居停又有调赴芜典督理之命。以该典于上月受兵士之扰，执事汪冕卿不辞而行，致人心浮动，纷纷归去，请我来此，收拾残局，弟以病辞，迄不获允，奈何奈何。时局变迁，未足为奇，惟旬日间，同时响应，将军无死绥之事，诚亘古未有也。尊状何似，现有事否，便中希覆数行，以慰悬悬。

附覆函
十二月十四日

　　正切盼间，得手书，甚慰。展诵之下，悉子内外操劳，疲精役神，病疟不已，为愀然久之。令郎之疾，宜亟治。时贤唐溶川所著《血证论》，极周备，大可取法。贵居停奇子之才，而艰巨之事辄付之，独不惜子之身，何知己而又感恩之难也。然子久于行矣，兴阻莼鲈，固家室之累，有以致之。第人生不过数十寒暑，退一步想，自有至乐，安用是栖栖者为。当此举国若狂，遍生荆棘，自揣不欲砥柱中流，则万虑灰冷，事还诸人，身还诸我，命还诸造化，何得何失，自今以始，暮云春树，舒溪之水悠然，退而叙家人之乐，可乎？否乎？

　　芜湖当长江之冲，非乱世所宜，尊席又烦剧，果何所取耶？池郡自省垣被陷以来，陆续过兵，居民散而之四乡者，不知其数。而乡僻之处，土匪横掠，人心惶惶，寝不安席。敝庐如斗大，千峰牙距四护之，无风鹤之恐，昼餐脱粟，夜寝木棉被，聊以卒岁，自谓幸在樊笼外，特不知大局若何也。岐黄之术，愧不能精，然足糊余口，韩康之愿，至今未偿。青邑素称富乡，秋间曾一往查，欲偕子经营其事，讵不遇而返，世亦遽变，遂置之，然舍此亦无他志。如获践旧约，则该处离家较近，不惟于弟且便，即子亦可内外兼顾，自谋衣食，比沾沾依人何如。覆此敬叩旅安，敢燃丹灶，奉霞觞以俟。

致谷宝泉

十二月二十四日

　　前函谅登左右。弟孙典事已交卸，芜典之调，固辞不允，病汉处此繁剧，忧惕殊深。世变后，典业困难已极，外交内患，棘手万分。敝居停综理各务，在在鞭长莫及，久仰大才，特请阁下前赴宿典，专办外交，以分其劳。托弟修函敦请，务祈从速命驾，先到省典与新翁接洽，俾知底里，为祷之至。闻宿松绅士，将夺地方官财政，归绅自办，而以该典为财政总机关。执事谢鹭西君，以事体重大，客商不便干预，辞之。讵该绅用强迫手段，事关紧急，故烦借箸。同泰典被兵劫掠，所失甚巨，一切之事，蒙情关照，居停感甚，现在办有头绪否？念念。我邦人士，傥有与该典为难者，全仗阁下暗中解劝，总以毋失我邦名誉为要，如遇藩卿，乞将鄙意告之。弟病久衰甚，拟今日附轮上驶，回里度岁，藉资调养，灯节后，可返典也。匆泐即请岁安，兼贺年禧。

致族华存

壬子二月初二日，时客鸠江

别月余矣，旅祉想多佳为慰，子到宁久，现获良遇否？以子之才，不难脱颖，惜时局变迁，多为捷足者先登耳。仆执芜典事，系居停强致之，我心实不愿，所以迟迟吾行也。令嫒足疾，于子动身之次日，膝盖外边穿溃，出脓血盆许①，现已渐松矣。孙黎交哄，青、太、石三知事均逃，近无官长，而斗大山城，尚称安谧，较之外埠，可算福地。南京兵变，子受损失否？为问。芜典事真不易办，仆权住，徐图乞退，再不允，则效汶上之行矣。匆泐不尽欲言，维珍摄自爱。

---

① 似脓非脓，似血非血。

覆谢来宾

三月二十日

十六日,奉到手教,快如把晤,良慰私衷。忆去冬杨柳铺一别,离亭折柳,彼此依依。满拟春间祥云出岫,不难再睹芝辉,谁知迫于时局之变迁,寓移鸠江,草草劳人,萍踪靡定,离索之感,想有同情。袁子才谓"因缘"二字,可补圣经贤传之缺,非创论也。弟到典后,为疟鬼纠缠,惜不获杜子美之佳吟以驱之,为可恨耳,近况萧瑟,不堪奉告。阁下主讲孙典,时雨春风,施及商界,羡羡。近日诗情酒兴,当不复浅,可否一分唾余,以慰客怀?文字知交,相期在此,读天涯比邻之什,辄见古人交际,心心相印,究不在聚晤间也。锦鳞赤羽,时惠德音,诸维珍摄,不尽所云。

致谷宝泉
六月十三日

　　四月奉手书,并函禀各件,诵悉一切,正拟作答,适此间同事,迭起风潮,心绪恶劣,不能道意。未几接家书,悉小儿咯血病发,服某僧凉药成咳,即于二十七日,匆促南归。弟抱定不服药宗旨,日惟起居将息调护而已,幸饮食眠睡如恒,谅无妨碍。而家慈内子,同时为病所缠,家慈患咳,内子之病,则足耐人研究者。缘光绪壬寅六月,内子喉部、两乳、丹田三处,忽然肿突,他处无恙,两脚略现浮象,饮食如故,亦能任事,惟行路无力,小便短赤耳。寐则喉中介介作响,鼾声如雷,一若有无数痰涎聚于喉内者,推而醒之,却无滴痰咯出。晨起则喉肿如葫芦状,两乳丹田二处,消平如旧。及下午,则两乳丹田肿硬高突,而喉部又消平矣。遍请医诊,无有知其证者。其时青邑谢确,医名噪甚,往诊焉,伊开五皮饮,加木香防己,服二十剂而瘥。旧岁冬间,忽患赤游丹,比以小恙,漫不经心,遂缠绵不已,形如蚊咬,赤肿成片,痒彻于心。迨本月初间,则旧病复发,一如昔状,弟检谢方与服,如水投石,毫无应效矣。同一证也,今昔无异,同一方也,效验悬殊,此中理由,殊难索解。阁下医术精深,活人甚众,因详述病状,乞拟方药,感君之德,曷其有既。弟两年来,家运欠顺,二竖为灾,志气消磨尽矣。心志靡宁,草草布臆,诸维垂亮。

附覆函

六月二十五日

前书封发去后，细绎尊阃病状，似奇而实不奇。何也？考之《内经》，膀胱脉络肾，循髀外，下至踝，终足小指，为气化之源。心脉上挟咽，出腋下极泉穴①，故有咽痛胸满证。胃脉循喉咙两旁为人迎穴，又下横骨内为缺盆穴，缺盆骨下陷中为气户穴，谓肺气与胃脉相通之门户也，下挟脐，至膝下三里穴，至足背为跗阳脉，均阳明之所行。脾脉起足大指，上膝股，入腹，上挟咽，连舌本，生布津液，使出于口，济阳明之燥。肾脉起足小指，趋足心，循内踝，上股，循喉咙，挟舌本，肾上连肺，声音出于肺，而生于肾也。又冲脉者，出气之街衢也，气生于丹田，名气街穴，在脐下三寸，是出气之路。《灵枢》言胸气有街，腹气、头气、足气各有街，挟脐上行，至通谷穴②而散，又挟咽而止，总见气出于丹田。循脐旁，上胸中，走肺衣中，又上会于咽，为气所从出。可知尊阃之病，先是冲脉为患，冲主气，与任之主血者不同，平时或有拂意之事，郁而不宣，久之清气下陷，浊气上干。初起或挟风寒湿气，发为喉部、两乳、丹田三处突肿，两脚微浮无力，而小便短赤，寐则喉中介介作响，鼾声如雷，若有痰涎壅闭，寤时又无痰咯出。晨起浊气犹未遽降，故喉肿如葫芦状，而两乳丹田，得以暂平。及下午，清气虽上升，而浊气仍不得其去路，故两乳丹田复肿硬，而喉际消矣。当时服谢君五皮饮加木香防己而瘥，理固应尔。

旧冬旋患赤游丹，缠绵至今，形如蚊咬，赤肿成片，痒彻于心，肿病发如昔状，重投谢方不应，亦事所必至。何也？丹为热毒，血之所司，夫任脉为心行血之统系，起胞中③循脐中央，至膻中，从膻中上行，为紫宫穴。紫宫者，指心而言也，上喉咙，还至唇下，与督脉交。以先后论，督在脊，属肾，属先天，任在腹，属胃，属后天，先天主气，后天主血，均下胞中。以水火论，督属气，属水，任属血，属火，是任脉当又属之心，心肾不交，水火失济，而丹毒诸肿病

---

① 在乳上。

② 在胸乳之间。

③ 与督脉相会，而当两阴间，名会阴穴。

作矣。此无他,水即化气,火即化血,互相维系。故水病则累血,血病则累气,气分之水阴不足,则阳气乘阴而干血,阴分之血液不足,则津液不下而病气,故出汗多则伤血。下后亡津液则伤血,热结膀胱则下血,是气病而累血也。失血者,必兼痰饮,痰凝不散,往往水肿,瘀血化水,亦发水肿,是血病而兼水也。盖在下焦,则血海膀胱,同居一地,在上焦,则肺主水道,心主血脉,又兼域而居,在躯壳外,则汗出皮毛,血循经脉,亦相倚而行。又曰:"血生于心火,而下藏于肝,气生于肾水,而上主于肺,其间运上下者脾也。"食入于胃,脾经化汁,上奉心火,心火得之,变化而赤,是之谓血,血溢于皮肤,而为丹毒,必得大泻地道,大滋脾燥。如大黄生地之属①,置栀子药皮汤中②更加木通、牛膝、茯苓,利水以通气,使脾经化水,下输于肾,肾之阳气,乃从水中蒸腾而上,清气升而水津四布,丹或可泯,浊气降而水道下行,肿或渐除,然必欲水道下行者,犹地有江河,以流其秽也。津液上升者,犹土膏脉动,而雨露升也。尊阃之疾,大抵不离于湿温者也,是五皮饮方法,昔之效者,脾不制水,固宜燥,今不效者,脾不升津,水不胜火,正宜滋耳。时方阴八味,为壮水制火之剂③似可取服,忝在至好,妄贡所知,仍候卓裁,当否不敢必也。闻孙雨人兄,现在芜湖,系弟旧好,多年未晤,渠素精医道,请就正焉。如别有妙方,乞示知,以扩闻见。弟约在七月上旬返郡,拟稍迟趋教,晤谈一切。草此并候暑安。

---

① 分两宜重。

② 方出仲景《伤寒论》。

③ 拟去山萸,加香附。

覆谷宝泉

七月初三日

　　奉前后手教,备悉一切,所论贱内病原,首将十二经脉部分,一一指示,申明颈、乳、丹田三处,患肿之原因,次论旧今病象之变异,立言精详,处方确当。本灵素长沙以为法,援古证今,反覆辨难,洋洋千余言,足令阅者心花怒开,耐人寻绎。不图阁下近日进境,以至于斯也,感甚,佩甚!而弟窃因之有感焉,慨自轩歧而后,医道失传,赖南阳夫子,以续一线之延,厥后唐孙真人立方,犹有古法。自是而下,则各执臆断,虽不无发明之处,而要之驳杂不精,一知半解而已,至今日则愈趋愈下,不堪问矣。即如贱内之恙,凡遇医者,叩其是何原因,鲜不谓是奇证,从未有条分缕晰如阁下者,是皆不读内难诸书之过也。然灵素难经,辞旨古奥,浅学者不明句读,遑望其融化悟会哉。甚矣,医道之难也!阁下天质明敏,学问淹博,遁而之医,宜乎如庖丁解牛,迎刃有余。弟颇有志斯道,购书八十余种,其如资秉太劣,又兼善忘何,所拟栀子柏皮汤,重加大黄生地,以大泄地道,有胆有识,的是确论。惜弟当日于发丹时,漫不经心,若早请教,当不致滋蔓难图也。阴八味去山萸加香附,亦用心灵妙处,但熟地太腻,肆中多不制透,于肿病似欠合拍。叶天士、薛一瓢、王梦英诸先进,曾言用不制透之地黄,不如用女贞子代之为当,质之高明,以为何如?贱内病状,日剧一日。自旧病复发之后,丹即不作,现发寒热,作呕吐,小便短赤,弟已将阴八味一方寄里,姑与试服。其栀子柏皮汤极妙,未知丹隐后,仍能服否?请再示之,手此谨覆,即颂文祉。

附覆函

前论尊阃病状,并拟方,究系悬揣之词,曷中肯綮。顷接七月初三日还翰,过承奖许,殆诱之而使至于道欤。惟闻尊阃近作寒热,呕吐,小便短赤,自肿病发后,丹已不作。夫肿胀者,水病也,气病也,肿起丹退,乃血变成水之证,古称妇人错经而肿者,为水化为血,经水闭绝而肿者,为血化为水,未审尊阃前后有无经闭。第气即水也,血中有气,即有水,水蓄胞中,挟热则便短赤,水渍入胃,必发呕吐[①],脾湿则四肢浮肿。若血既变水,则宜从水治,猪苓汤,为育阴利水之剂,乃五苓散之对子,泻白散加杏仁、苏叶、茯苓,亦治之。又三焦者,决渎之官[②],水道出焉,盖水之道路,全在三焦油膜之中。三焦即是油膜,其根发于肾系,其上归结为心包,故人吸入之气,从肺历心,引心火下入肾系,直走连纲,抵气海血室之中,薰蒸膀胱之水,皆化为气,透出于气海之中[③]。循油膜,上胸膈,以达于喉,是为呼出之气。喉鼻皮毛,皆肺所司,故太阳之气,上合于肺,由皮毛而肌肉而腠理,腠理即三焦之所司,由腠理入瘦肉,即与筋连,筋亦连内之油纲。而内油膜膈,即三焦之府也,油纲不利,则水道不通,膜膈滞塞,则胸前痞结。循油纲入胃与小肠,为入府。循油纲入血室入膀胱,均为入府。循油纲入心肝包络,则为入脏。窃按尊阃近状,曰寒热,或似疟非疟,曰呕吐,或胃停痰宿水故也。若小便短赤,则是心遗热于小肠,为此病之大眼目。盖始则清气不升,血溢于皮肤,而发为丹毒,继则瘀血化水,热结膀胱,丹退而肿不消,此无他。气即水也,血中有气,即有水,肺为水之上源,肺气行,则水行,加味泻白散主之。若清心平肝以利水,则五淋散主之,计定为山栀、车前、归尾各三钱,甘草一钱。而三焦与胆,同为少阳之经,寒热呕吐,为小柴胡之见证,水肿虽系手少阳专病,似可借用此方,去参枣加牡蛎、知母、木通,服之以为枢转。治法,总宜着眼"小便短

---

① 或水,或痰涎,或冷沫,各不相同。

② 通心包络与命门同司相火。

③ 即丹田,又名血室。

赤"四字,其所以致此之由,一以心火上犯肺金,失其布散之职。凡人饮水入胃,胃有微丝管,将水散出,走入油纲,其能散者,肺气布之也。是宜清肺以开其源,一以心火下入小肠,热结膀胱,故溲短而赤,是宜壮水,以节其流。来书谓阴八味,熟地滋腻,于肿病不宜,诚是欲用女贞子代之。夫熟地宜丸不宜煎,煎则不如用生地。女贞性味迥别,此方古人亦取其去水,而非补水,犹祛浊者,必注水以涤之也。如服之不效,莫如用五淋散,及小柴胡加减法,栀子柏皮汤,丹隐可勿与也。尊阃之疾,虽日剧一日,而所现病状,尚未有胸满心跳洞泄,饮食不进之患,犹未入脏,若得小便清利,肿胀自迎刃而解。第诸方皆从阳水一面立论,若病形稍变,方亦不宜过拘,是在阁下神而明之,变而通之可也。宿典外交事,渐有转机,债项亦大有头绪,弟大约二十后可返郡,中秋后,即重来此,以终其局。前议韩康故事,今得滨如兄大财东,赞成其事,约共成本一千元,计十股,渠与云章兄,可占六七股,阁下能来两股,则弟亦愿从君后矣。但是明年事,容徐图之。覆此即请道安,不尽欲言。

覆谢来宾

八月十四日

逸洲来，递到手书，备悉近况，蒙赐条幅四张，小堂幅二张，点缀清妍，无笔不妙，感甚，佩甚！客中苦岑寂，得杰构而把玩之，壁上峰峦，如亲游览，画中爱宠，或解相思，忻慰奚如。两诗俱佳，而尤以题美人一绝，最惬予怀，吟情笔兴，迥逾畴昔，为击节者久之。非但此也，人生如白驹过隙，朝华夕萎，没世无称，傥日月长存，百世下睹，断简残编，犹有知尔我其人者，岂非一大幸事。弟乏一技之能，辄作千秋之想，恨无几行笔墨，供人指摘，为大可悲耳。弟寄迹鸠江，支此残局，樊笼脱去，未卜何时。而老母、拙荆，悉受二竖之厄，流年欠顺，益恼人志，客怀似水，秋思如麻，一切不足为知己者告也。附上毛巾半打，聊酬挥汗之劳，哂存为幸，匆覆不尽缕缕，诸维珍摄。

附来函

前月接奉华函，此因暑热侵人，一切寻常答复，悉从删例。前委弟画美人图一事，言已三载，事隔两朝，弟非忘于心也，实因阁下点有浔阳琵琶、昭君出塞名目，一怀怨，一多情，此古人不得意之时，借他人之杯酒，浇自己之块儡耳。弟一时难以下笔，方命之愆，在所难辞，延至今夏，勉强遵命。易一名目，画一曹大姑，代兄上书，诗之拙，画之俗，祈勿见责。外有吊屏四张，小堂幅一张，皆画山水，画虽不佳，然一峦一峰，一树一枝，无非真相，较之美人，略有胜焉。秋风渐起，望惠好音，此复，并请秋安。

附注：来宾，名澍，太平人，工诗词，绘事尤精。宣统庚戌年任孙家埠致中小学教员，鸣儿从读焉。

致苏春坡

代杜新甫

春间在徽，得接清谭，足慰契阔。别后由里抵皖，旋赴金陵、鸠江，东奔西突，劳状无似。月前在宁省，得晤令亲五峰，藉悉起居筹履，并皆佳妙，至以为颂。兹启者，鼎兴店事，在令兄不顾大局，过支太多，几难立足，幸阁下极力维持，于无可设法之中，作一设法之想。鄙人念君家交契之深，又重以阁下之命，故不得不曲遵台议，以观后效。客有自徽来者，述及令兄近又顶受水碓一业，而合伙中，且有缪辖情事。又闻江西庄款未清，催索甚亟，殊为焦灼。在令兄旧岁，即有顶水碓之议，鄙人曾当面打破，不料竟成事实。夫水碓生意，固属好基业，而在客地经商者，究非所宜，舍本求末，殊属无谓。观令兄近年所行之事，不但失算，且多颠倒，如顶水碓而被人牵制，纳专房而不敢赴江西办货，此等举动，不啻如饮醇胶，变成醉汉，岂流年运气使然耶。鄙人若非休戚相关，何至刺刺不休，开罪于人。想阁下智珠在握，于理财立身之道，最为通达，久所钦佩。令兄历年行为，一经慧眼，当不谓然，阁下谊属手足，伏乞不时规劝，过事提撕，或者不难醒悟，友爱情深，言当易入，较胜于外人千言万语多多也。将来店事能有转机，可垂久远，则人必私相谓曰：非春坡从旁指点之力不为功，而鄙人感激，又当何如耶。乔在知己，故敢渎托，手此，即请财安不庄。

致王克庵

代周润卿,癸丑年

忆自宣州判袂,忽忽五年,露白葭苍,辄深秋水伊人之感。久欲裁楮问候,道达微忱,又思云泥分隔,公务倥偬,未必念及空山老友,以故迹邻简慢,抱歉良多,而驰系之私,无日不神驰左右也。顷阅报章,悉君新膺吉林榷运局总长之命,闻之欣慰无似。将见新猷丕著,造福苍生,固不仅为宗族交游光宠已也,翘首燕云,曷胜雀跃。弟自庚戌,将典事推手,仔肩卸去,似觉身轻,小儿六岁,尚未就学,萱堂颇强健,可慰。惟弟寄居异地,赋闲四载,外有酬应之烦,内有室家之累,坐食山空,不知为计,议者咸劝驾言出游,别谋进取。然知交寥落,又值人多如卿之时,谁为说项? 一再筹思,惟君古道热肠,怜爱有逾骨肉,半生知己,只君一人。今君置身青云,弟尚蹉跎末路,未审大君子,曾一念及绨袍之旧否耶? 敝亲典事,自光复后,经济困难,一齐歇业,时移世变,以致如斯,便以告闻,天南地北,临款依依,立待赐福。

附注:克庵,名家俭,太平人,廪生。

169

覆汪燮卿

甲寅三月十八日

　　顷接手书，备悉近祉多佳，为慰。承示同兴出顶时，东君尚有许多出息，未曾分与阁下一节，不胜骇异。查同兴出顶，在己酉之冬，其时和翁执事，所有同事应得之出息，一一照给清晰，阁下是内缺，焉有不分之理？至于招牌礼、楼门礼、饰房礼、财神礼等等，皆弟一人力争而来，阁下当局，谅能记忆。以弟个人力争之钱，而与同事均分，自问可以无愧。其余杂款等等，亦一并照股按给。弟处事坦白无私，而与同事，尤不敢稍存专欲之想，一再追思，别无含混。今阁下所指者，不知是何项出息，未经指示，殊难索解。纵或东君有出息未分，何不争之于当日出顶之时，而争之于六年之后，未免放弃权利。觉阁下去岁不到芜，在敝处无悬久，又向谁人饶舌乎？弟与阁下，同事多年，推诚相与，故阁下在此挪移，不便推却。谁知久假不归，及待函索，反有节外生枝之言，真是好人做不得也。总之，吾人在外，须以名誉为重，吾人处世，尤以情理为先。因尊示云云，不得不直言答覆，尊欠仍希设法汇下，至盼，至盼。手此即请财安不一。

　　附注：燮卿，名梦珍，休宁阳湖人，任湖口同兴典副钱席。

致丁月秋公函

辛酉三月

　　敬启者,令嫒许配李姓,本属婚姻细故,与旁人何干。无奈令太亲家李南和,夫妇衰迈,迭次告以当日结亲情形,并庚帖函件,涕泣哀告,用是恻然,弟等故不得不恺切为阁下陈之。

　　查许婚之时,阁下尚未发迹,所以褓褓中即批庚过门,为李姓童养媳。若在今日,断不将宦家之女,许配农夫,而李南和亦不敢仰攀高亲,此情也,亦势也。惟家乡习俗,有母家庚帖,即为正式婚姻,无论两造若何贫困,各无悔异,阁下是石埭人,当谙石埭事。乃养至十岁,忽然接回,带往京江,令太亲家,是老实人也,坦然不疑有别故。若在稍有知识者,早料有今日一着,断不许其接去。及接去之后,果然杳如黄鹤,令太亲翁,情急罔措,屡次函催送回,而一味饰词推诿。检阅来函,一则曰:务将相片及年庚寄来,在未见相片以前,前议尚不能发生效力。再则曰:明年来里,将令孙带京考入学校,培植三年。三则曰:庚帖究能发生效果,种种情词闪烁,如见肺肝。吾邑僻处山陬,无照相馆,从何处拍相,即此一端,未免强人之难。吾邑人每每在外稍得志,辄忘本来面目,开口便以外间风气夸示于人,可叹也,亦可笑也。阁下果有好意提拔令婿,则自己来带可,即托友人带京亦可,乃口中说得好听,其实口不应心。家乡结婚,以庚帖为据,惟重婚嫁者,则立卖休券。即阁下当年自己娶杨姓之女,究竟是否庚帖,有无他据,今以庚帖不能发生效力,真是欺人之谈。赖婚情迹,已见一斑。揣尊意现在中国银行服务,无异骤入仕途,不愿以千金小姐下配农夫。嫁固不能,悔又不可,故一再相强以难。殊不知大丈夫处世,光明磊落,要悔婚便悔婚,不妨直截了当,说出为快,何必扭扭捏捏,作此挟制语哉。

　　去岁正月间,张君寓锋,省亲回里,阁下托伊代表此事。李南和坚执前议,必须令嫒回石完婚,比经弟等斥其不知自量,劝其就事变通,遂评定丁姓出洋八十元,交付李姓,丁女另嫁,李男另婚。张君满口答应,言定茶市汇来,李姓收款,庚帖缴还。如此办法,两造都好,诚以令嫒刻已考入京师女子中学,而李南和之孙,系一村农,以才女而匹愚夫,齐大非偶,终觉仳离,与其追悔于后,曷若离异于先。弟等为阁下谋者,亦可谓至矣尽矣。阁下在京,局面阔绰,区区八十元之款,何难立措,乃揞款不交,迄今两载。今正寓锋丁艰回里,李南和向其晓晓不休,于是寓锋同桂成翁,会衔函催,又无回答,未知是何居心,是何命意,更不知置张君于何地,真令人百思而不得其解也。

总之,令嫒二岁过门,养至十岁接回,其中梳头包脚,衣之食之,所费不赀,姑无论为亲戚,为姻娅,即君家雇一乳媪,哺养八年之久,亦当给八十元之养育费。而阁下分文不出,于心何忍,人无良心,如树无根,不久自萎。质言之,事到如今,何不说句亮话。令嫒青年待聘,本属恒情,然与李姓不了解,万无再字之理,望阁下赶将中人品定之八十元,从速托一的实友人带来,交李姓收讫,其庚帖即交来友带回。如由邮局汇下,即原班奉寄,李姓反覆,弟等完全负责。请即以此信为据,若长此坐视不理,用来字三千,点火吃烟之手段对付,则令嫒不能嫁,李南和之孙不能娶。怨女旷夫,是谁之咎,窃为阁下所不取也。倘阁下以京华路远,私将令嫒别宇高门,弟等闻知,必与该姓交涉,俾令嫒留此终身污点,尤为无谓。盖李姓固可欺,公论诚难逃也。阁下其三思之,所陈各节,限两礼拜答覆,否则只得函达贵行长,并检阁下函件呈览,想贵行长明于公理,当必有解决之法也。直言之愆,伏祈原谅,耑此顺请,筹安不一。

弟桂汉民、孙绍周、张龄甫、苏荫椿同启

致吴玉山表侄

丙寅十二月十六日

顷接家书，内附尊札，展诵之余，觉英姿焕发，卓荦不群，文词浩瀚，酣畅淋漓，益征明德之后，必有达人，为艳羡者久之。忆自光绪十四年，受业令先祖门下，春风化雨之恩，至今铭感。时令先君与椿共窗砚，昕夕晤对，情逾骨肉。令先祖母，爱我尤深，恩勤备至，乃刚及一载，以先君病危回里，此后即风流云散，渺隔人天。回首师门，不胜怅怅。

椿于光绪十八年，先君弃养，其时年轻，又受讼累，贫困不能自存。光绪二十一年，应李学使试，幸获一衿，而嚼字不能疗饥，境遇益形窘迫，亲族中无有肯为援手者。不料山穷水尽之时，偏有绝处逢生之妙。先是，太平同宗苏文卿，家资百万，长江一带，设典肆九所。椿以修宗谱得与往还，颇蒙青睐，谆谆劝我弃儒而贾，旋于光绪二十六年招往安庆，就同春典银房一席。久涸之鱼，亟待勺水自需，遂决然作市侩，不复有青云想矣。二十九年，调往九江之湖口县同兴典内，职务仍旧。宣统元年，又调往宣城县之孙家埠同吉典，充经理。辛亥鼎革，又兼任芜湖同福典经理。无如光复以来，居停九典，损失不下六十万金，以致同时歇业。椿于民国四年，善后办毕，亦回里家居矣。民国八年，家慈见背，抱恨终天。读礼之余，日惟与农夫话桑麻、课晴雨，以消山中岁月。民国十年夏，适南京友人，仿公司章程，招股集资，组织通济公典，闻椿微名，特请任钱房一席。又复闲云出岫，寄迹白门，荏苒五载。综计生平，服务典业二十余年，东奔西突，依然两袖清风，毫无树立。今老矣，两鬓如丝，仍复寄人篱下，读为他人作嫁衣裳之句，自怜亦堪自笑。通济典例，五年改选，椿已任满，例应辞职。兼以老景日增，心痛旧恙，不时举发，近更失眠，精神衰惫，明春拟决计南归，不复再作冯妇。忝在戚谊，略举生平状况，以作一夕之谈。

贤阮意欲外游，藉图机会，立志非不甚大，而在鄙意却不谓然。盖现在局面，人浮于事，而又不能久于其位，往往费九牛二虎之力，谋得一枝，或二三月，或四五月，即解职以去。普通薪水，不过十余元，而又欠薪不发，以致典质一空,欲归不得者,我眼见不知凡几。小儿凤鸣,久思驾言出游,椿以谋事有登天之难,故力戒其切勿孟浪,反不如在家乡,作冬烘先生,年得三四十元脩金,兼以自课其子之为得也。闻贤阮祖业颇丰,森林亦富,尽可支持家政,又何必轻离慈帏,而觅蝇头哉。且时局日非,烽烟遍地,天涯作客,朝夕心惊,致白发慈亲,日切倚闾之望,于心更觉难安。古云菽水承欢,为子之道,有菽水矣,又奚求乎。傥贤阮慨然有天下苍生之想,则毕业后,须进大学,努力前程,不难出人头地,半途改辙,未免自弃。椿秉性愚直,掬诚以告,维贤阮详察之,临款神驰。

致沈赞臣内弟

辛未二月三十日

　　客秋判袂,历冬而春,云树之思,时萦梦毅。弟于去岁小阳,复往金陵,刚及一月,阳历年终,接家书,悉县署改造征册,新添花样,又收拾南返。腊朔抵里,其时严寒,家中酿有水酒颇甜,爱而食之,晚间即咳嗽声重,越数日而愈。至十三日,又吃一碗,咳作而兼发热,初以感冒,略不经心。讵知日甚一日,未几而鼻血出矣,又未几而喉痛音哑矣,缠绵至今,不能开音说话。弟体本丰,行路亦健,现在病骨支离,肌肉消瘦,饮食每餐一盂而已。乃内证未除,而外证又起,右边腰下,及左边外臁,忽生肿毒,焮痛非常,苦难言状。内外夹攻,虽铁汉亦难久存。弟思生老病死,人之常理,何所顾虑,况受家庭压迫,更少生趣,以此始终不服药饵,任其变化,时至则行。所耿耿者,令姊年高,弟无私蓄,一副老骨头落于儿媳,寒热仰人,思之辄戚戚于心耳。

　　弟既为病磨,后事不得不略为布置。本月二十五日,先将老夫妇家私办成,材系十五合,或嫌其劣,劝我购十二合者,弟笑置之。汉杨王孙主裸葬,以身亲土[①]。晋刘伯伦,出游荷锸,随地可埋,此皆不用棺之明证。古人胸襟,何等旷达,弟窃慕焉。盖人死后,魂升魄降,万物归土,肢体更宜早化,使返其真,惜此理俗人不知也。弟之材料虽不佳,而做工却与众不同。脚下和头之外,添一石板和头,其中行书"清庠生苏荫椿(字萱臣)之寿床。"左书"萱臣自备。"又左书"命男凤鸣书丹。"又左书"辛未仲春榖旦(距生大清同治癸酉十二年,现年五十九岁)。"右书一联"且将数字留碑碣,好令千秋识姓名。萱又题。"此弟之一具也。令姊一具,中行书"元配内子沈氏素娥之寿床。"左书"外子苏萱臣手备。"又左书"命男凤鸣书丹。"又左书"辛未仲春榖旦(距生大清同治戊辰七年,现年六十四岁)。"右书一联"结缡四十六年,养子抱孙,贫贱夫妻苦到老,同穴一千万载,天长地久,泉台伉俪乐无穷。外子题。"命石工刊刻。髹以金朱,颇可寓目。此等特别制法,为弟创格,人咸笑其迂,而我确有所感而为之。每见荒郊野地,时有古矿发现,棺骨两无,究不

---

① 见《前汉书》六十七卷。

识其姓甚名谁,何朝人氏,辄嗟悼之。宇宙间惟金石性坚,可垂不朽。倘千百年后,陵谷变迁,牧夫樵子,掘得此穴,一见碑碣,识我姓名,或有怜而封志者,岂不一大快哉。质之我哥,以为然否?弟病中亟图把晤,以慰饥渴,而我哥高年,步行来往,心殊不忍,固不敢请耳。若出诊清溪河一带,希绕道枉顾,以作最后之聚首(请勿送物为叩)。古人谓一回相见一回老,弟今日恐一回相见一回难矣。维我哥念之,临款神驰,不尽缕缕。

　　附注:赞臣,名继襄,乳名谱贤,邑之七都人,长予三岁,正式礼文,称以内弟。至寻常函札,则以兄称之。赞臣生平重道德,乐施与,有长者风,工文翰,好学不倦,老而弥笃。尤精岐黄术,活人无算,而医德最盛。人有厚赠,辄璧还之,远近必步行,遇贫乏就医,更给药费,以故遐迩知与不知,皆称善人云。乃天道难知,子夭孙殇,晚遭逆境,呜乎,惨矣。

誓纸

苏荫椿年谱简编

　　苏荫椿,字萱臣,号忏因主人、华胥老人,安徽石埭人,生活于清末民国时期。安徽太平、石埭苏氏(石埭苏氏是太平苏氏迁出一支,主要分布在乌石、夏村、广阳等处,今属黄山地区)皆源于四川眉山苏氏,入清以来以经营盐业、典当业享誉省内外,是皖南地方望族之一①。苏荫椿于清光绪二十一年(1895)考上生员,二十六年(1900)开始进入同族——太平苏文卿(时号"苏百万",长江一带,设典肆九所)所办的安庆同春典任职,其后的二十多年,一直负责部分苏氏典当行(主要有安庆、湖口、芜湖、宣城等处)的具体经营管理工作,经验丰富。在家乡,他参与纂修宗谱、修缮地方文物古迹、排解乡邻纠纷等,同时,饱读诗书,文笔斐然,朋友曰其"儒而兼贾"②,并有系列手稿传世③。他的一生是社会转型时期下层士绅的缩影,具有一定的代表性。

　　本年谱主要依据苏氏现存的手稿以及石埭地方文献等,旨在通过对苏荫椿为代表的皖南下层士绅,在清末民初近六十年生活经历的编纂,以期对19世纪末期到20世纪30年代,中国下层士绅的生存状态能有一个大概的考察。

苏荫椿,原名荣桂,字萱臣,号忏因主人、华胥老人

　　《信稿便登·寄慕东》(壬寅十一月客湖口)载:"椿在学,原名荣桂,今恳阁下代为更名荫椿。"手稿封面各题"萱臣""忏因主人",自称"华胥老人",卷端钤有"愧作眉山老泉后""荫椿囗印""萱臣"等朱印,据《苏氏文稿·致沈赞臣内弟》(辛未二月三十日)自述其为"清庠生,苏荫椿,字萱臣。"

---

　　① 两邑十排公修:《苏氏宗谱·序言》,光绪二十五年刻本。

　　② 苏荫椿:《苏氏文稿·覆徐存诚孝廉》,辛丑二月二十七日,民国间稿本。

　　③ 目前发现的主要有《苏氏文稿》《信稿便登》《典业杂志》《各大宪通电》《东鳞西爪》五种,均藏于安徽师范大学图书馆。

安徽石埭人

石埭苏氏(又称广阳苏家①)为太平苏氏迁出一支②,源于四川眉山苏氏,苏荫椿曰:"缘我苏氏,系出眉山。"(《苏氏文稿·致族华存》,癸卯二月十九日)太平苏雪林在自述家世时也说:"相传我们这一支姓苏的是眉山苏辙之后。"③

清同治十二年　癸酉(1873)　1岁

出生于安徽省池州府石埭县。《苏氏文稿·致沈赞臣内弟》(辛未二月三十日)载:"距生大清同治癸酉十二年"。曾祖父:苏巧秀,曾祖母:章氏;祖父苏国银,祖母张氏;父亲:苏吉治,母亲:章氏④。

父亲苏吉治(字虞廷)为石埭地方文人,《清人别集总目》载:"苏吉治,石埭人"⑤,著有《流离记》⑥,该书主要记载太平军在皖南的活动。另外还有,《虞廷氏稿本三卷》(抄本,安徽省博物馆藏)、《存心堂杂著》(稿本,安徽师范大学图书馆藏),其中《存心堂杂著》为医学书,前有秋浦曹焕(字竹溪)作序,苏荫椿在写给曹竹溪的信中亦曰:"先君子所著救病药石一卷,蒙前辈赐文冠其首。"(《苏氏文稿·致曹竹溪孝廉前辈》,己酉六月二十七日)

清光绪十一年　乙酉(1885)　13岁

与沈素蛾女士结婚,是年沈氏十八岁。

清光绪十四年　戊子(1888)　16岁

读书授业于吴复初的父亲,即贵池吴自修先生门下一载。

"复初,名世杰,贵池大演人,予之姨表弟也,邑庠生。其尊公自修先生,岁贡生,光绪庚子年,先君命予负笈从游一载而归。"(《苏氏文稿·致吴复初》,辛丑十月十六日)

光绪十五年　己丑(1889)　17岁

父亲病危,返家。

"光绪十四年,授业令先祖门下,春风化雨之恩,至今铭感。时令先君与

---

① 据闻,现在石埭县(今名石台)广阳镇苏氏老宅,因修建太平湖水库,已经沉入湖底。

② 笔者按:石埭县在清代属于池州府,太平县属于宁国府。

③ 苏雪林:《苏雪林自传》,江苏文艺出版社1996年版,第3页。

④ 苏荫椿:《信稿便登·寄慕东》,壬寅十一月客湖口,民国间稿本。

⑤ 李灵年、杨忠主编:《清人别集总目》上卷,安徽教育出版社2000年版,第678页。

⑥ 该书藏地不详,目前所知的版本为抄本。参见广西太平天国史研究会、广东太平天国史研究会编:《太平天国史论文集》,引用了该书,注释为"苏虞廷《流离记》,抄本",广西人民出版社1989年版,第93页。

椿共窗砚,昕夕对晤,情逾骨肉。令先祖母爱我尤深,恩勤备至。乃刚及一载,以先君病危回里,此后即风流云散,渺隔人天。"(《苏氏文稿·致吴玉山表侄》,丙寅十二月十六日)

光绪十八年 壬辰(1892)20岁

丧父,生活困顿。

"光绪十八年,先君弃养,其时年轻,又受讼累,贫困不能自存。"(《苏氏文稿·致吴玉山表侄》,丙寅十二月十六日)

光绪二十一年 乙未(1895)23岁

考中生员。

《信稿便登·寄慕东》(壬寅十一月客湖口)载:"苏荫椿现年三十岁,系安徽池州府石埭县民籍。于光绪二十一年,李学宪岁试案下,取入县学。""光绪二十一年,应李学使试,幸获一衿,而嚼字不能疗饥,境遇益形窘迫,亲族中无有肯为援手者,不料山穷水尽之时,偏有绝处逢生之妙。"(《苏氏文稿·致吴玉山表侄》,丙寅十二月十六日)

喜得贵子。

《苏氏文稿·联语》载:"余婚有年矣,而膝下犹虚,家慈祷诸感山社前,逾年,果举一男,命撰联语以志。"

光绪二十二年 丙申(1896)24岁

家乡成立感山义合社会,苏荫椿作序。

《苏氏文稿·感山义合社会序》载:"今春,族人等拟修苹蘩之献,庶足以伸敬意、联众情,邀众酿资,立会一局,名曰'义合社会'。共五十七名,每名出洋蚨二元,交首事权子母,存本用利,当五戊佳辰,齐集庙内,拜跪趋跄,以符春祈秋报之典。"

光绪二十四年 戊戌(1898)26岁

为伯父苏景暄作墓志铭,作《仙源游草》系列诗。

光绪二十五年 己亥(1899)27岁

参与纂修太平、石埭两邑苏氏宗谱。

《苏氏族谱》记载:"光绪廿五年,即公元一八九九年,文卿公八修族谱,得四十余巨册为一部、共印四部分藏于皖、宁、京各地。"①苏荫椿在写给吴玉

---

① 苏鹤孙编:《苏氏族谱·安徽省太平县岭下苏氏源流简述》,2006年未刊本。

山的信中提道:"先是,太平同宗苏文卿,家资百万,长江一带,设典肆九所。椿以修宗谱得与往还,颇蒙青睐,谆谆劝我弃儒而贾。"(《苏氏文稿·致吴玉山表侄》,丙寅十二月十六日)

作《蓬庐漫吟》系列诗。

光绪二十六年 庚子(1900) 28岁

因参与苏文卿组织的纂修石、太苏氏家谱,得以认识太平苏氏同宗,应苏文卿之邀入安庆同春典任银房①之职。

《苏氏文稿·致吴玉山表侄》(丙寅十二月十六日)载:"先是,太平同宗苏文卿,家资百万,长江一带,设典肆九所。椿以修宗谱得与往还,颇蒙青睐,谆谆劝我弃儒而贾。旋于光绪二十六年招往安庆,就同春典银房一席。"

作《皖江游草》系列诗。

光绪二十七年辛丑(1901) 29岁

任安庆同春典银房。

"弟处质库二年,日与孔方兄晤对。"苏荫椿于1900年进入同春典,可知1901年依然任原职。(《苏氏文稿·致汪性初》,辛丑七月初二日)

是年,授业恩师吴自修先生逝世,悲伤不已。

"兄碌碌半生,毫无树立,有负师门厚望,自愧奚如。嗣闻令先尊道山之耗,绛帐风寒,仙凡异路又以路遥,不克尽筑室之义,我心伤悲,曷有既极。"(《苏氏文稿·致吴复初》,辛丑十月十六日)

光绪二十八年 壬寅(1902) 30岁

调往九江湖口县同兴典,任银房一职。

湖口同兴典期间,作《钟山游草》系列诗。

光绪二十九年 癸卯(1903) 31岁

任湖口同兴典银房。

光绪三十年 甲辰(1904) 32岁

任湖口同兴典银房。

"椿书生命蹇,遭际多艰,不得已改弦易辙,藉谋生计,作客浔阳,于兹三载。"(《苏氏文稿·致陈镇寰仁丈》,甲辰五月)

---

① 按:"管钱即出纳,尊称银房先生,主要职责是经理典当铺每天营业款项的收支,并登记造册,转交管账。"参见林加奇主编:《第三条融资渠道——解读现代商业信用·撩开当铺神秘的面纱》,江西人民出版社2002年版,第240页。

光绪三十一年　乙巳（1905）33 岁

任湖口同兴典银房。读郭璞《葬经》有感，作《读〈青囊经〉感言》。

光绪三十二年　丙午（1906）34 岁

任湖口同兴典银房。

同兴典生意日渐衰败，"敝处生意，已成强弩之末，兼乏持筹之方，每天当有八九百号，出本六七百千，较之旧年，稍有佳境。而居停因钱价过疲，瞩生意收紧，不愿长生库中。"（《苏氏文稿·覆汪冕卿》，丙午四月望日）

光绪三十三年　丁未（1907）35 岁

任湖口同兴典银房。"至于典事，生意虽仍如旧，操算总是不工，岁有三百六十天，利仅一万三千数。以视昔年，计拙端居我辈，方诸同业，先声已让他人。"（《苏氏文稿·致王芝卿、吴味畊、杜逻斋、杜瓒如四同政》，丁未元旦）

光绪三十四年戊申（1908）36 岁

任湖口同兴典银房。

宣统元年　己酉（1909）37 岁

湖口同兴典关闭，调往宣城孙家埠同吉典，任经理。

"三月廿二日，奉到手书，适有皖江之役①，致稽裁答，为歉。鄙典禀请暂行停当，原有复开思想，近因邑令迭谕不愿开设，准将典帖官款缴销，即行由县招商接顶云云，居停遂顺水推舟，决意收歇，现已禀复矣。"（《苏氏文稿·致谷宝泉》，己酉四月二十日）不久，苏文卿调其往同吉典主持事务，"宣统元年，又调往宣城县孙家埠同吉典，充经理。"（《苏氏文稿·致吴玉山表侄》，丙寅十二月十六日）并于腊月二十四日，赴任。（《苏氏文稿·致族华存》，庚戌四月二十八日时客宛陵）

请曹竹溪为同乡丁静之及丁母操氏立传。

宣统二年　庚戌（1910）38 岁

任宣城孙家埠同吉典经理。

四月返乡，携子同往宣城，将小儿子苏凤鸣送入宣城致中小学就读，并打算去南京观看 10 月 18 日举行的首届运动会②，"今年南京赛会，为中国数千年一大创局，扑拟立秋前后，邀二三契好来宁，一扩眼界。"（《苏氏文稿·

---

① 当指 1908 年 11 月 19 日，光复会会员、安庆炮营队官熊成基起义事。

② "10 月 18 日（九月十六），第一次全国运动会在南京举行，参加运动员 150 名，分田径、足球、篮球、网球等比赛项目，至 22 日闭幕。"参见韩信夫、姜克夫：《中华民国大事记》，中国文史出版社 1996 年版。

致族华存》,庚戌四月二十八日时客宛陵)

作《宛陵游草》系列诗。

宣统三年 辛亥(1911) 39岁

七月身染疟疾,小儿凤鸣吐血。任同吉典经理,兼任芜湖同福典经理。

"辛亥鼎革,又兼任芜湖同福典经理。"(《苏氏文稿•致吴玉山表侄》,丙寅十二月十六日)

辛亥革命波及苏典经营,芜湖同福典经理汪冕卿不辞而别,苏荫椿抱病临危受命,去同福典主持事务,"以该典于上月受兵士之扰,执事汪冕卿,不辞而行,致人心浮动,纷纷归去。请我来此,收拾残局。弟以病辞,迄不获允,奈何奈何!"(《苏氏文稿•致谷宝泉》,辛亥十二月二日自同福典泐)十二月辞去同吉典事务,专事芜典。同时,宿松同泰典面临危机,苏文卿请谷宝泉速去处理,"弟孙典事已交卸,芜典之调,固辞不允。病汉处此繁剧,尤惕殊深。世变后,典业困难已极,棘手万分,敝居停综理各务,在在鞭长莫及。久仰大才,特请阁下前赴宿典,专办外交,以分其劳。托弟修函敦请,务祈从速命驾。"(《苏氏文稿•致谷宝泉》,辛亥十二月二十四日)

民国元年 壬子(1912) 40岁

任芜湖同福典经理。

"孙黎交哄,青太石三知事均逃,近无官长,而斗大山城,尚称安谧,较之外埠,可算福地。南京兵变,子受损失否?为问。芜典事真不易办,仆权住,徐图乞退,再不允,则效汶上之行矣。"(《苏氏文稿•致族华存》,壬子二月初二日时客鸠江)

母亲、妻子、小儿凤鸣均患病。

民国二年 癸丑(1913) 41岁

任芜湖同福典经理。

民国三年 甲寅(1914) 42岁

任芜湖同福典经理。

为家乡重修回驴岭脚大路作碑记。

民国四年 乙卯(1915) 43岁

苏文卿沿江九典全部歇业,损失惨重,苏荫椿返乡家居,"无如光复以来,居停九典,损失不下六十万金,以致同时歇业。椿于民国四年,善后办

毕,亦回里家居矣。"(《苏氏文稿·致吴玉山表侄》,丙寅十二月十六日)

为同乡殉夫烈妇李孺人作传。

民国五年　丙辰(1916) 44 岁

为家乡重修南华庵作碑记。

民国八年　己未(1919) 47 岁

母亲章氏去世。

"民国八年,家慈见背,抱恨终天。读礼之余,日惟与农夫话桑麻、课晴雨,以消山中岁月。"(《苏氏文稿·致吴玉山表侄》,丙寅十二月十六日)

为同乡杨子元作墓志铭。

因宝善堂被焚,苏氏家族生意又遭重创,苏文卿举家北上,投奔在北京的侄儿苏锡第,在苏锡第的帮助下,在天津开办大生银行,"公晚年居京,于1919年与侄慕东筹资组建天津大生银行,任总经理,银行于1949年停业。"[1]

民国十年　辛酉(1921) 49 岁

出任南京通济公典钱房。

"民国十年夏,适南京友人,仿公司章程,招股集资,组织通济公典,闻椿微名,特请任钱房一席。又复闲云出岫,寄迹白门,荏苒五载。综计生平,服务典业二十余年,东奔西突,依然两袖清风,毫无树立。"(《苏氏文稿·致吴玉山表侄》,丙寅十二月十六日)

作《白门游草》系列诗文。

民国十一年　壬戌(1922) 50 岁

任南京通济公典钱房。

民国十二年　癸亥(1923) 51 岁

任南京通济公典钱房。

民国十三年　甲子(1924) 52 岁

任南京通济公典钱房。

为同乡桂汉珉作传,并为其从舅徐吉甫先生作墓志铭。

民国十四年　乙丑(1925) 53 岁

任南京通济公典钱房。

民国十五年　丙寅(1926) 54 岁

---

[1] 苏鹤孙:《苏氏族谱》卷四九。

辞去通济公典职务,准备回乡安度晚年。

"通济典例,五年改选,椿已任满,例应辞职。兼以老景日增,心痛旧恙,不时举发,近更失眠,精神衰惫,明春拟决计南归,不复再作冯妇。"(《苏氏文稿·致吴玉山表侄》,丙寅十二月十六日)

民国十七年 戊辰(1928)56岁

作诗贺内弟沈赞臣六十大寿。

民国十八年 己巳(1929)57岁

作《新开洗衣池碑记》《重修南华庵观音堂并建厨房碑记》文。

民国十九年 庚午(1930)58岁

在南京小住一月后返家,"弟于去岁小阳,复往金陵,刚及一月,阳历年终,接家书,悉县署改造征册,新添花样,又收拾南返。"(《苏氏文稿·致沈赞臣内弟》,辛未二月三十日)

民国二十年 辛未(1931)59岁

身体日渐衰弱,开始预备后事。

民国二十一年 壬申(1932)60岁

作《读〈汉书〉韩信、彭越、英布列传〉书后》《编辑历朝年号表序》两篇文章。

告诫儿子苏凤鸣不必为其六十寿辰铺张。

民国二十二年 癸酉(1933)61岁

作《重建东门院墙碑记》《祭桂月亭文》。

民国二十三年 甲戌(1934)62岁

作《徐足三先生族谱小传》《麻衣菁华序》。

汪由中贡卷书影

汪由中

字性初 號達真 行一又行二

安徽池州府石埭縣廪生民籍

同治癸亥九月初五日吉時生

繼瀠　字汝清由婁源大坂還有埂氏遷文名汝樑

高高祖玉瓚、

高高祖妣氏楊

高祖滿怢　經縣祥愊欽　高壽八旬有餘

高祖妣氏程

高祖姓氏程

胞高高祖玉鏃

胞高叔祖滿怡　瀰悦　滯紳

胞曾叔祖朝儒

胞伯祖廷凭

胞伯祖廷凭　敕從九品頂戴　給字琛帛

高端伯暹啟

嫡叔祖雅幹　髶耀

高端伯暹啟

曾祖朝貴

曾祖妣楊氏

祖廷堯　緒學　早世

祖妣胡氏　字志攝孤前學　憲卿獎有勁節　當昭　匾額

父彔吉　字瑞祥太學生　義行詳載家乘

母氏程

本發就文　字選青廣貢生　候選訓導懿行　具有傳　序侍梓

胞伯觀德　興寶　三念　三聖　三恩　三護
　　欽賜從九品頂戴　恆慶
胞兄傳道學名栻中字　濤濟　一邑庠生　一大學生
嫡堂兄傳勝
堂弟傳郎字右壽　璠　傳李　傳桃

胞姑二　長適朝姓　次適方姓

親妹三　長適從九品楊邱樹章字子村之長子邑廩生邱　之子壽孫李立蓁次適　欽賜從九品頂戴方邦正茂　旋三適太學生杜

堂姊妹三姊適武庠田學孔六公第五子妹　適胡景干長
　　伯仁公之孫國章干　迎楊朋魁公第五子

前母胡氏

本生母氏金

贊 趙氏

永藏下

廷訓

本生廷訓

受業師 讀伏 笠祿基注

舒 李 諱文熙邑庠

姚鎮 夫子邱瑛 恩貢生 候選教諭

胞姪孔樂 孔頎 孔韋 孔均 孔修

堂姪孔書 孔高 孔逵

胞姪女四 長適太學生楊暘懷公之子郡庠邱福孫已故 次適黄池唐志譽公長子二適楊姓四適方廟

廷訓 子

胞姪孫女一 幼

甡胡氏 太學生諱鬩勳公字紹唐之次女業儒世芳胞姪 養英率業實胞姝

子三孔多字子昭業儒胞世大夫邑庠生胡諱世芳胞姝 子三孔喬字長女 業儒邱印 當歲五品藍翎儒先補用千總印協

女五 三五女 寅奇字

孔鑄 孔時

二

楊莫文李　諱蒐　歲貢生候選訓導丁卯庚午癸酉三科薦卷乙亥　恩科堂備

金　李　印景鼎　歲貢生候選訓導

程紫巖李　諱芝　歲貢生候選訓導

曹印卿李　諱璟　甲子舉人前任太湖縣教諭

年禎齋盧李　諱嘉　全集待梓　恩貢生候選教諭著有救病藥石已梓行世仍有存心匿

陳傚南李　諱蘭　歲貢生前任香山縣國僭山教諭

邪秀李　諱慧　十二齡挑特九經當掌遷廟家服八洋

徐嶺閒李　諱麟　邱彩兵補廩

嚴礜樵李　印組璟　前任石球縣知縣

二

李筱岩夫子　諱端遇

王夢文夫子　印授昌　現任石埭縣教諭

吳佐卿夫子　印夢元　現任石埭縣訓導

安徽貢卷　光緒癸卯　恩科

考取正貢一名汪由中安徽池州府石埭縣廩生民籍

欽命安徽提督學院綿　批

取　又批

蘇氏藏本支五代世居翠霞沙滕

三

○修身以道修道以仁義

汪由中

中庸哀公問政章爲政取人皆本於君身身之宜修固已顧身非
盡乎理之當然者無由修理非盡乎心之本然者亦無由修理之
當然者何道是也心之本然者何仁是也爲政者誠分所以則身
在斯道在不至與理背而馳道在斯仁在不至與心歧而二而身
於是乎治矣此孔子所由舉哀公曰修身以道修道以仁雖然吾
嘗見世之修身者矣高言端拱託清靜以安民紛飾太平視奉循
爲故事甚至談空以矜施舍誦經以事修齊設應以祝長生修則
修矣其於道也非遁入於虛即謬流爲異皆道其所道非吾所謂

光緒癸卯　恩科

道也亦有知道切於身而修之者又或嚴酷以為能本原已薄而

道失之苛煦嫗以為愛流露未真而道淪於偽苛與偽皆無當於

仁不得為修道並不得為修身矣之所謂修身者慄然知此身

為政治所出之身為人臣所法之身一笑一顰皆關風化其難其

慎倍切戰兢道產滇冊以之效繩熙道在卅書以之法敦勝蓋道

無不盡即身無不修雖以衰盂中材王苟能規規然而道是循妥

在東魯之治稿遷於西京三耦之員不及夫十劂也然而道總名

也仁真意竝襲夫總名而不買以真意則道與仁不相洽而親義

京別之蠡於五倫者皆虛仁與道不相通而父子兄弟之各存一

心者皆偽仁之不以無以體道又何以修身子終之曰修道以仁

蓋以仁則頂實與之周浹而身範於道不至放而無歸以仁則胜

誠見熱施行而道高諸身不至懸而無薄屠豆之柯然道者枝葉之

榮也仁則根本之潤也令使種樹者曰求枝葉之榮而不培其本

很豈有能榮之一曰哉則仁又修道者斷乎不容不以也修道而

以仁而道修而身修夫人存政舉豈虛語耶

拊重修身相題有識以道出仁字字道出實際是謂羞羞無遺

慽波瀾獨老成熠恩弟楊瑞之拜讀

光緒癸卯　恩科

責卷

二

九功惟叙九叙惟歌义　　　　　　　　　　　汪由中性初

禹谟保治之意竟就业业至於六府修三事和其讲求养民之善
政至矣尽矣而未已也盖府事之成者则有功而功期於叙府事
之顺者固为叙而叙期其歌故又继之曰九功惟叙九叙惟歌盖
然功有九期其叙也虽期其叙而歌也九难何言之叙即所谓修
和而不乱其常者也顾五行生克不无偶沴之时百榖顺成率有
荐饥之岁六府之修井易言矣又况喜功好锐之主民生未遂遽
欲明伦器币未遍遍期谨度三事之种亦不少概见则甚矣功之
顺其自然合平当然者伊古以来往已难之叙之不能而欲以是

付之樂工形之歌咏吾恐太平未官舞蹈民難樂利未躋謳恩無

自雖使后夔協律師曠審音民成疾首蹙額而相告曰吾王之功

未成我儕小人不知歌於何作也蓋不能膹修和之理者即無由

作其謳聲不能協府事之宜者即無由發其頌禱也乃帝世不然

粤稽當日用水克火用火克金用金克木用木克土而生五穀六

府既修而府功敘由正德而利用由利用而厚生三事既和而事

功敘合六與三而為九功固不叙即合六與三而為九叙固

不歌匪獨廷臣為之廣颺而見童歌曰順帝則老人歌曰志帝力

皆其叙之頌見者也匪獨下民為之軒䴈而鳳凰因歌而來儀百

獻因歌而幸舞皆其叙之明後者也夫樂其樂者誦其德利其利

者詠其仁在斯民原本於身受心咸各率平性之自然而禹保治

之意猶斤斤於戒用休董用威勸用九歌俾至於億萬年而不壞

也此帝所以一則稱之曰時乃功再則稱之曰時乃功惟叙也美

哉禹功明德遠矣

經解詳明文氣渾樸題無剩義辛有堅光，吾兄夙慧過人年

甫十歲誦遍九經十二綸即以經學見賞　文宗龔集彤〕時都

下稱奇斯作本其平素腊牒以故風簷寸晷間認題精確一洗

藪詞合親兩藝一貢之榮不足為　吾兒磬也丹桂杏花聯鑣

〔光緒癸卯　恩科〕

二

直上指願聞事吾將拭目待之姻研弟楊瑞芝弄汪

民国二十三年石埭县域图①

---

① 来源于陈性壬纂:《民国石埭备志汇编》,民国三十年(1941)铅印本。

后 记

今天的古籍整理已经受到部分学者的质疑,由于整理人员专业素养的差异,导致书籍水平参差不齐。但是,随着社会的发展,对一些价值颇大又不易广泛传播的古籍,确实又有整理的必要,一来为研究者提供新资料,二来也是保存原著的方法之一,《苏氏文稿》便是基于以上考虑而完成的。

自2009年安徽师范大学图书馆进行古籍图书的电子化著录工作开始,我便系统地接触并仔细翻阅了包括《苏氏文稿》在内的馆藏苏荫椿的手稿,并据此成功申请了安徽省哲学社会科学规划项目与安徽省教育厅项目。在撰写了几篇研究论文以后,越发觉得其价值所在,又因该手稿仅我馆收藏,广泛查阅、使用颇为不便,遂萌发将其出版的念头。南京审计大学肖建新先生,安徽师范大学历史与社会学院刘道胜先生、欧阳跃峰先生、沈世培先生、丁修真先生,都曾建议将其整理出版,并提出了一些整理意见。在此,对以上诸位先生表示诚挚的谢意。

同时,本书在整理出版过程中,得到了复旦大学历史系刘猛博士的帮助,安徽师范大学出版社孙新文先生、薄雪女士提出了非常中肯的意见,在此,一并表示谢忱!

古籍整理研究是一项基础性的工作,需要深厚的文献学、历史学等相关学科知识,稍有疏忽,便会失误,并影响日后的研究。虽然本次整理,历经多年,几易其稿,但由于本人学识有限,仍然会存在一些问题,敬请读者批评指正。

李永卉

二〇一六年九月三十日于江城芜湖